その冬、君を許すために

いぬじゅん

ポプラ文庫ピュアフル

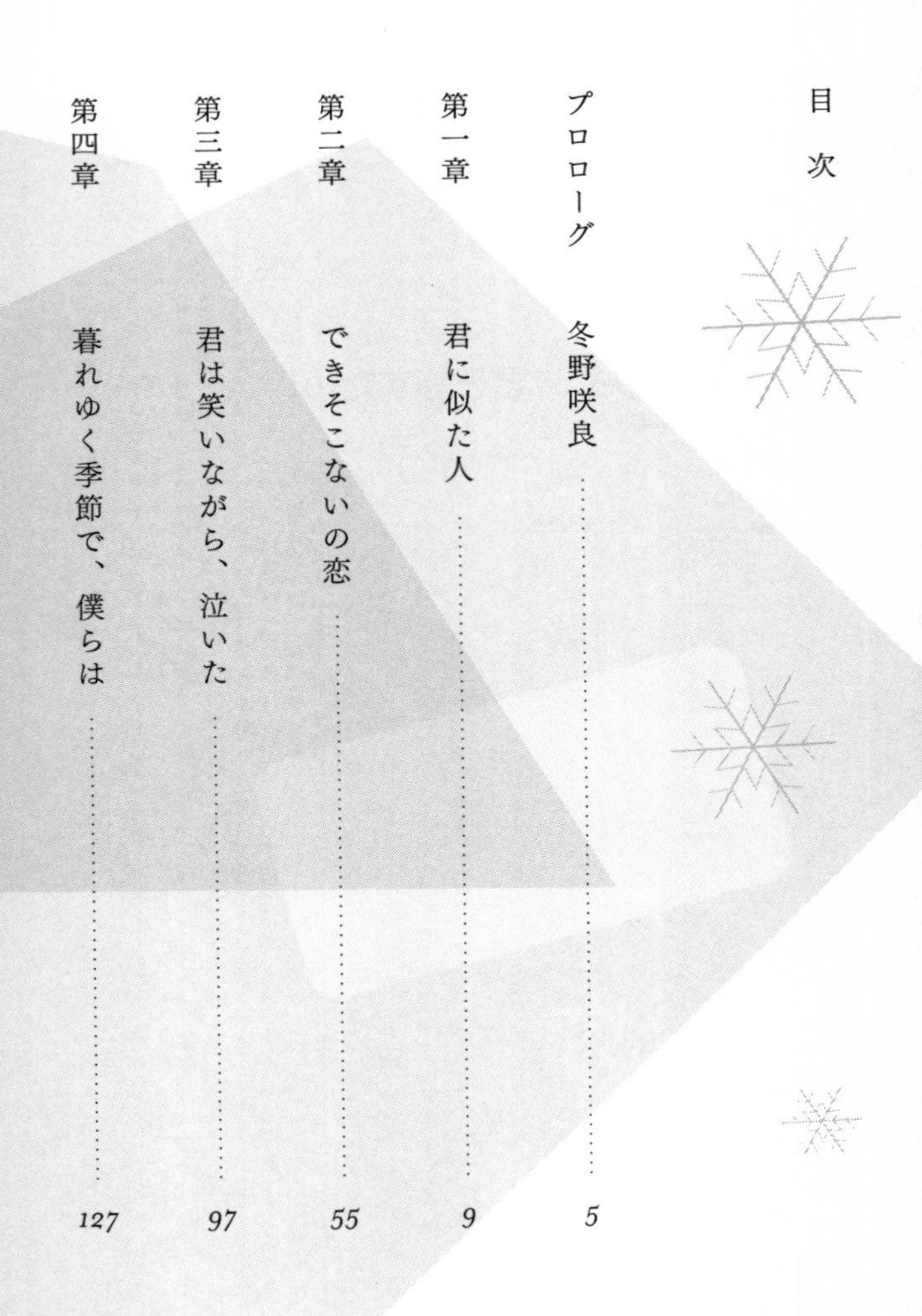

目次

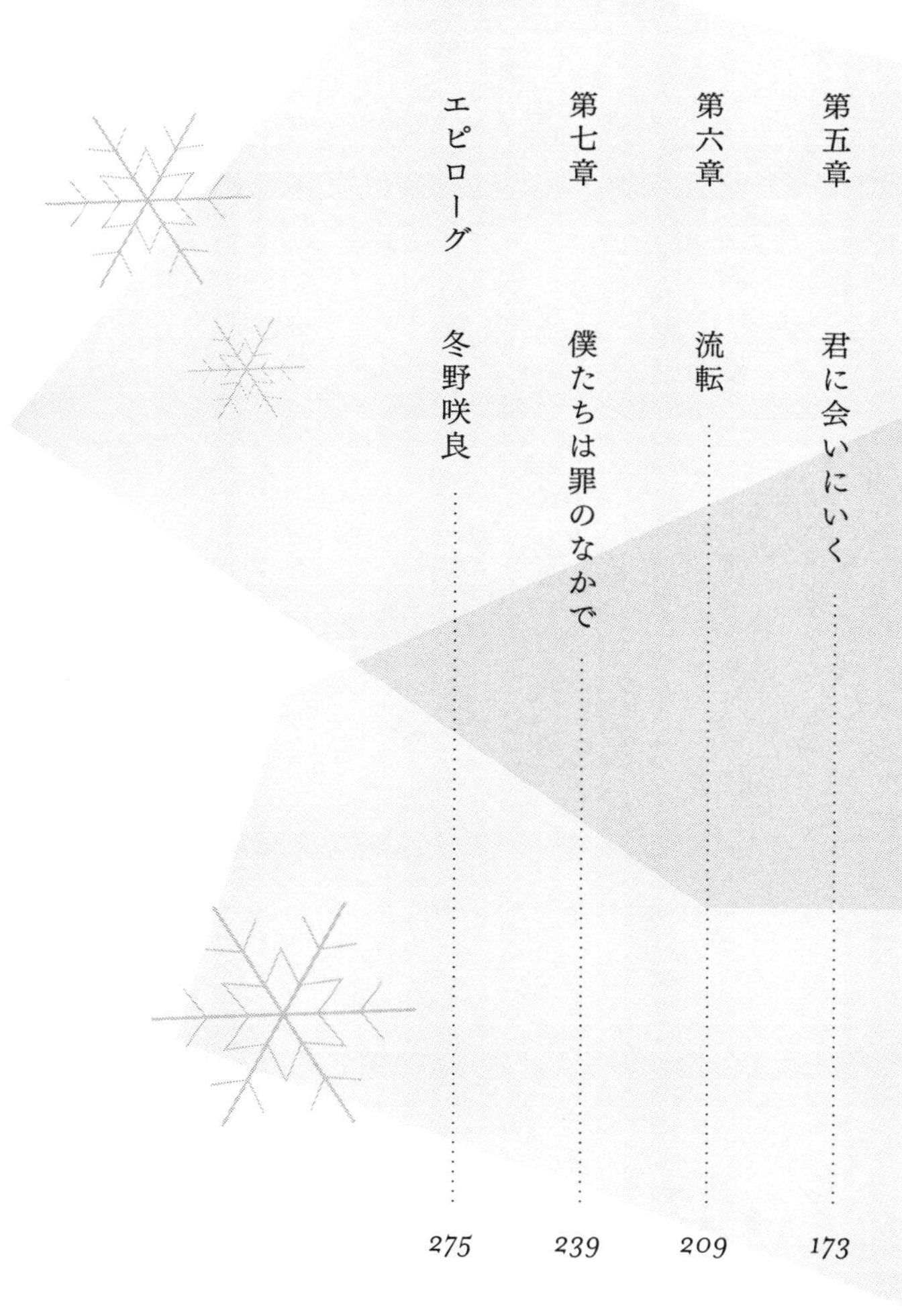

プロローグ

冬野咲良（ふゆのさくら）

――『人は、後悔を背負って生きていくんだよ』

親戚のおじさんが酔うたびに口にしていた台詞だ。

事業がうまくいってないことすら自慢げに話し、出された料理を遠慮なく食べ、最後は酔いつぶれて眠る。

苦手だった記憶はなく、むしろ思ったことをそのまま言葉に変換できる彼がうらやましかった。

私が大きくなるにつれ、だんだん顔を見せなくなった彼は、去年心臓発作で亡くなった。

幼いころはわからなかった『後悔』の意味が、今になって痛いほど理解できている。

それは、あなたと出会った日にはじまったのかもしれない。

淡い想いは、いつしか恋に形を変えあなたを求めた。同時に、後悔という感情をも知ることになった。

不安定な感情の上に、ミルフィーユのように、想いと後悔を積み重ねるような日々。

やがて崩れゆく運命であることを、誰よりも私がいちばん知っていたのに。

もう会えなくなって、どれくらい経っただろう。
あなたに恋をしたことは間違いじゃなかった。
今もそう信じている私を、あなたはどう思っているのかな。
行き場を失くしたあの想いは、今でも迷子になったままだよ。
キラキラと宝石のように輝く想いと、鉛のような後悔を抱えて生きている。
もしも、あなたを取り戻せるのならどんなことでもする。
そんなことを思ってしまう私を、あなたは許してくれますか？
今年もこの町に、また白い冬が来る。

第一章　君に似た人

「人生にはドラマみたいなことなんて起きないんだよ」

そう言った僕に、向かい側のデスクの橘大輔が呆れた顔を向けてきた。

視界の端で確認してから、モニターに視線を戻す。一カ月以上かけて組んだプログラムは単体テストの結果、コード不足が見つかってしまった。

そんな予感は端々にあったし予想の範囲内だったというべきか。

どちらにしても今日もまた残業ってことには変わりない。

「ほんと、春哉には夢がないよなあ」

集中しようとする僕――鈴木春哉に、橘は食いさがってくる。

「聞こえてるけど？」

「聞こえるように言ってるんだよ」

愛用のマグカップで何杯目かの珈琲を飲み干した橘が、「でもさ」と続ける。

「夢があると思わね？　運命の人と偶然出会うなんて、最高の展開じゃん」

「奥さんが聞いたら泣くよ？」

的確なツッコミを入れると、橘はこれ見よがしに顔をしかめた。

「それとこれとは別。もしも、そういう出会いがあるなら俺、考えちゃうもん」

僕たちはいわゆるＩＴ系企業に勤めていて、プログラマーという仕事をしている。

静岡県浜松市の中心部にあり、駅から徒歩圏内という立地条件。

橘は、来春配信する予定の実写版恋愛ゲームのプログラミング作業を担当している。

こっちは単身で戦っているというのに、規模の大きいプロジェクトだから他社とチームを組んで役割分担しているのがうらやましい。

『運命』がテーマの、主人公がさまざまな偶然を味方につけて、意中の人と仲良くなっていく恋愛シミュレーションゲームだ。

僕でも知っているレベルの女優がゲームに登場するとあって、ゲームショーで公開された予告編はかなり評判だった。

すっかり影響を受けているのか、ふくよかな体で語る同僚の運命論に僕は全然ついていけない。

「その前にメタボな体形をなんとかしたら？　健康診断、今年も再検査だって聞いたけど」

結婚して太った橘には、入社したときの面影がもはやない。一緒にいる時間が長いからピンと来なかったけれど、昔の写真を見るとまるで別人だ。

「数少ない同期にまで揶揄されるなんて、俺は不幸だ」

ちっとも不幸に思えないほどの大声で「がはは」と笑ったあと、橘はドスドス足音を立てて僕のデスクへとやってきた。

画面を見て、僕の現状を把握したのだろう、

「まだかかりそうだな」

と眉をしかめた。

デスクトップのなかでこんがらがっているプログラム。ひとつ修正すれば、ほかにほころびが出るのは必至だ。

「仕様書の修正を依頼しないと無理かも。バグが出るのは目に見えてるし、これ以上のテストは無意味だろうね」

「そっか」

橘は大きなあくびをかましてから、なにか思いついたように顔を近づけてきた。

「今日はここまでにしておいてさ、久しぶりに飲みに行くか？」

「行かない」

「そう言うなよ。春哉とたまには飲みに行きたいんだよ」

僕のことを下の名前で呼ぶのは橘くらいだ。同期入社はたくさんいたはずなのに、気づけば頭数は減り続け、同じ部署では橘だけ。中規模の事務所で、社員数は五十人を超えているが、人の出入りもかなり激しい。

　橘はあきらめきれないらしく、僕の机に置いてあるカレンダーをごつい指でさした。

「休日出勤、しかも十月も今日で終わり。だったら飲みに行くしかないっしょ。肴町が俺らを呼んでるぜ」

　決まり、とでもいうように隣の椅子に腰をおろした。

　会社近くにある繁華街の名称を口にされても、ちっとも魅力的に思えない。にしても、もう明日から十一月か……。毎日は長いようであっという間に過ぎていく。

「やめとくよ。今日は頭痛もするし」

　余計なことを言ってしまったかも、と口をつぐむ。隣の椅子が橘の重みに耐えきれず悲鳴をあげた。

「事故の後遺症、まだ続いてたのか？」

　身を乗り出した橘の顔が近い。やはり聞き逃さなかったか。

「あー、まあね」

「あれって、もう二年くらい前のことだろ？　こんなに長引くなんてひどい話だよなあ」

　背もたれに体を預けた橘に、椅子がまた苦しげに鳴いている。

「この間までは落ち着いてたんだけど、最近やたら痛くってさ」

頭痛は嘘じゃなかった。こめかみのあたりに生まれる痛みが、事故に遭って以来ずっと残っている。

「犯人はまだ捕まってないんだろ？」

「あー、まあね」

同じ言葉で返し、モヤッとした感情をごまかした。

二年前の秋、会社帰りに轢き逃げ事故に遭ったのだ。怪我はたいしたことはなかったものの、頭痛だけがしつこく今も残っている。

「保険での治療はもう終わったんだっけ？」

「……かな」

あいまいに答える僕に橘は口をへの字に結んだ。

「もったいないなー。今からでもなんとかなるかもよ。なんなら、俺が交渉してやろうか？　こう見えても、対外交渉には慣れてるし。警察だって犯人を捜しているんだろうから、そっちのほうもつっついていいんじゃね？」

矢継ぎ早に心配してくる同僚の顔を改めて眺めた。そして、気づく。橘がやたら僕に絡んでくるときのパターンはひとつしかない。

「ひょっとして……また奥さんとケンカしてるの？」

「え⁉」

あからさまに動揺を顔に浮かべた橘が「まさか」と数秒遅れで否定した。

やっぱりそうか。ケンカしたとき子供みたいに家に帰りたがらないのは橘の悪い癖だ。奥さんには会ったことはないけれど、本人曰く『鬼嫁』とのこと。

見透かされていることがわかったのか、手際よく荷物をまとめた橘が敬礼した。

「では、お先に失礼します」

「ちゃんと謝りなよ」

僕の声も聞こえないフリで逃げゆく背中を見送ってから画面に戻る。

仕様書の修正依頼を作成していると、またこめかみに痛みが生まれた。刺すように鋭いものではなく、遠くから足音を響かせて近づいてくるような鈍痛だ。あの事故に遭って以来、ずっと僕を苦しめている。

なんとか修正依頼をメールで送ると、壁にかかっている時計を見た。午後十時半を過ぎている。ちょうど自宅へ向かう最終バスが出たころだろう。

さっきよりも頭痛の波は穏やかになっているようだ。

「今日も歩き、か」

データを上書き保存し、サーバーにコピーを送ってから電源を切った。

誰もいないフロアを見渡してから、ため息。息苦しくてどこか悲しい、そんな漠然とした感情をもうずっと抱いている。

戸締まりをしてエレベーターに乗る。浮遊感に目を閉じると、僕はそっと彼女のことを思い出した。

記憶のなかの彼女はいつも笑っていて、だけどもう会えない。

彼女が今の僕を知ったなら、きっと心配してくれるだろうな。それくらいやさしい人だったから。

今はどこでどうしているのだろう。誰と毎日を過ごしているのだろう。

なんにしても幸せでいてほしい気持ちは変わらない。

彼女と出会ったのは、五年前の今日。僕たちは結局うまくいかなかったけれど、記念日くらい思い出すのもいいだろう。

一階に着き薄暗い廊下を抜け重い扉を開けると、もっと暗い世界が両手を広げて待っていた。

「……絵理花(えりか)」

その名前を久しぶりに口にした。叶わなかった恋は時間とともに苦さを薄め、やさしい気持ちで名前を言えるようになった。

まだじわりと痛むこめかみを押さえ、冷たい風に流されるように歩く。

なにもない日々のなか、こんなふうに時間の波に身を任せ生きている。

そんな自分を今日だけは許してあげたい。


久しぶりに来た繁華街は、にぎわっているとはいえなかった。帰ろうと思いながらも、つい肴町へ足を踏み入れてしまった。たまに会社の飲み会で訪れることはあっても、絵理花と出会った喫茶店がある小道は避けていた。

記念日の今日、ふとあの店を見たくなったのも過去の恋を乗り越えた証なのかもしれない。路地裏に入ると、懐かしい風景が広がっていた。

人がまばらに飲み屋から吐き出され、また吸いこまれていく。徒党を組んで歩いているのは、大学生の集団だろうか。

思い出の喫茶店は、当然のように別の店に変わっていた。くすんだ白い壁はレンガになり、むき出しのコンクリート製のオープンデッキは板張りになっていた。オレンジ色の間接照明が丸い空間を演出している。

あれから何年も経ったんだし、そんなものだろう。

うつろいゆく季節のなかで僕も歩きだしている。感傷的な気分はなく、思い出を巡る小旅行といった感じか。

　そもそも、あの頃の記憶は僕のなかに写真みたいな静止画でしか残っていない。事故に遭ったときに記憶障害を起こしたらしく、直後はすっぽりと記憶が抜けたみたいになっていた。

　この症状は『エピソード記憶障害』と呼ばれ、ある出来事を丸々忘れてしまうらしく、僕の場合は絵理花と出会ったころから恋を失うまでの記憶がない。

すぐに戻ると医者は言ってくれたが、未だに穴が開いたように思い出せないことが多い。

　それでいいとも思う。絵理花への想いが叶わなかったのは事実だし、忘れたかった記憶だろうから。

　デッキに置かれたテーブルのひとつを眺めた。

　今はバーに変わっているのか、レンガ調の空間には似合わない洋楽が店内からこぼれている。

　店先のメニューボードを眺めていると、スタッフらしき女性と目が合った。

　デッキの端にあるテーブルを見ると、「どうぞ」と言うように右手を差し出してきた。

これは、もう観念して座るしかないだろう。自分に言い訳をし、数段だけある階段をのぼり、まっすぐに席へ向かう。

こんな寒い日にデッキ席を選ぶ客はおらず、ひとりぼっちで冷えた椅子に座る。背もたれに体を預けたとたん、ふわりと過去の映像が現れた気がした。

あの日の午後は晴れていた。懐かしい記憶に口元を緩める。そうだ、あのとき絵理花はカメラをいじりながら泣きそうな顔をしていたっけ。

『どうかしたの？』

ありったけの勇気を出して、僕から彼女に声をかけたんだ。

たしか……一緒に珈琲を飲んだ。そのときの僕は知らなかったけれど、絵理花は珈琲が苦手だったらしい。無理して飲んだあと、苦そうに口をへの字に曲げていたっけ。

同じカメラを持っていると言う僕に、絵理花はひどく驚いた顔をしたあと、花が咲いたみたいに笑った。

『こんな古いカメラを持っている人がいるなんて』

声が今も耳に残っている。

そんな、出会いだった。

橘の言う『運命的な出会い』は、僕にもたしかにあったんだ。だとしたら、今こうして離れ離れに暮らしていることも運命なのかもしれない。

あれ以来、恋はしていない。想いが残っているわけじゃなく、自分のなかで失った恋は消化できている。

だけど……今はただ仕事に明け暮れる毎日が続いている。休みを取るために必死に働いているのに、休みの日には眠りこけてばかりだ。

落とし物みたいに、どこかに運命的な出会いも落ちていないかな、なんて、橘の影響を思いっきり受けているし。

目の前に差し出されたメニュー表に顔をあげると、女性店員が「ん？」と首をかしげている。

珈琲を、と言いかけて考えを改める。ちょっと記憶を辿ったからって、過去に浸るのはさみしすぎる。

「ビール」

愛想なく伝えると、「はい」と答えて彼女はカウンターへ向かった。提供されるのを待つ間、記憶が勝手に上映会を再開した。

『飲み屋街に来たのははじめてなの。昼間だからいいかな、って』

照れながら珈琲を飲んで、顔をしかめる彼女の顔を意識して追い出した。運ばれてきたビールを飲むとやけに苦く感じ、ふうと息を吐いた。

そろそろ新しい恋をするのもいいかもな。まだ二十六歳、されど、もう二十六歳。思い出せない過去よりも新しい毎日に向かおう。やたら前向きな気持ちになっている自分が誇らしくもあった。

そういえば、後輩が合コンに誘ってくれていたっけ。無下に断ったけれど、そういうのもたまにはいいかもしれない。

思考は、激しい足音に中断された。

「あ……」

思わず声に出したのは、目の前を髪の長い女性が駆けていくのが見えたから。躍る髪もそのままに右から左へ走っていく女性の手には、カメラが握られている。

……気のせいだろう。

思い出と現実の境界線がぼやけている。久しぶりに飲んだアルコールのせいで、もう酔っぱらっているのかもしれない。

秋だというのに火照る頬を押さえていると、再びヒールを鳴らす音が聞こえた。

さっきの女性が左から駆け戻ってくる。やっぱり右手にはカメラがしっかり握られていた。

その顔を確認する前に目が合った。僕を見て、驚いたような顔をした女性は急ブレーキで足を止めた。

見つめ合っていた時間は一秒もなかった気がする。

女性は、あたりを確認してからデッキへあがってくると、まっすぐに僕の席へ向かってきた。呆気に取られている僕の前の席に着き、彼女はカメラをテーブルの上に置いた。

見覚えのあるカメラ。まさか……絵理花の？

そんなわけがない、と視線を女性に戻す。二十歳くらいだろうか、長いうしろ髪とは対照的に、前髪はアニメのキャラクターみたいにまっすぐ揃っている。

絵理花と同じ髪形に思えるのも、ぼやけた境界線のせいなのだろうか。よく見ると、顔はそれほど似ていない。

目の前の女性は薄いメイクで、はっきりとした顔立ちによく似合っていた。意志を感じさせる大きな瞳でなぜか笑っている。知り合いではない、と思う。

「あの……」

言いかけた僕に、彼女は厚い唇を三日月の形にした。そんなところすら、過去の思い出と重なってしまう。

彼女が両手を顔の前で合わせるのを不思議な気持ちで見る。

そして照れた笑みを浮かべて彼女はこう言ったのだ。

「ごめんね、遅くなっちゃった」

と。


人はあまりに驚きすぎると、時間が止まったように感じるらしい。

まだ目の前で手を合わせている彼女に、僕は息を止めて固まっていた。その間に彼女は珈琲を頼み、長い髪を首のうしろでひとつにまとめるとシュシュで飾った。

「あの……」

ようやく出せた声が上ずっている。

「このあたりって入り組みすぎてるじゃない？　とくに夜だと景色が違うから迷子になっちゃった」

誰かと間違えているのだろう、と口を開きかけた僕に顔を近づけてきたので、同じ幅でのけぞってしまった。

「助けてほしいんです」

笑みを唇に浮かべたままで、だけど真剣な声色で彼女は突然そうささやいた。

「……え？」

「にっこりと笑ってもらうことはできますか？　怪しまれてしまうから」

「えっと……」

「恋人のフリをしてほしいんです。お願いします」

大きな瞳が不安げに揺れている。普段なら女性との会話すらままならない僕には、彼女の言っていることがまったく理解できなかった。

「信じられないかもしれないけれど、追われているんです。だから、お願いします」

「あ、うん」

なんとか答えて笑みを浮かべると、彼女は軽く頭を上下させお礼を言った。

「お名前を教えてもらえますか？」

「名前……ああ、鈴木です」

「下のお名前は？」

「……春哉」

「私のことは、さくら、と呼んでください」

「さくら……」

催眠術にかかるというのはこういうことかもしれない。言われるがままうなずく僕に、彼女は恥じるように視線を落とした。

ふと気づくと、なにか視界のはしに揺れている。よく見るとそれは雪だった。この町に雪が降ることは珍しく、まだ十月末だというのに……。雨に似た少し湿った重さのある雪が歩道を濡らしている。

「雪だ……」

つぶやく僕にさくらはふり返り、「本当だ」と顔を明るくした。

そのとき、通りの向こうに白いスーツ姿の男性が姿を現した。暗くて顔まではわからないけれど、あからさまに誰かを捜すようにキョロキョロしている。ここからでもわかるほど長い茶髪の頭をかきむしり、苛立ちを地面にぶつけている。ホストかなにかだろうか……。

突然、さくらという女性は、テーブルにだらしなく置かれた僕の手を握ってきた。

「春哉の手、冷たすぎて笑えるんだけど」

声を作っているのだろう、はしゃぐように高い声で言うさくらに、通りの向こうの男性が一瞬視線を向けてきた。ヤバい、と顔を伏せる。

演じろ。僕は彼女の恋人なんだ。

必死でなにか言葉を考えるけれど、僕ができたのはぎこちなく笑うことだけだった。

暗闇に隠れるように立っていた男性は興味を失ったように、今度は向かい側にある店のなかをじっと覗いている。

「でも今夜は寒いよね。雪も降ってきたし、店のなかで飲もうよ」

さくらを見ると、声色とは真逆にすがるような目をしていた。

「そうだね。じゃあ……すみません」

ちょうど珈琲を運んできたスタッフに、店内の席へ移動することを告げる。

さくらを先に店内に向かわせながら立ちあがるときにそれとなく確認すると、男性はどこかに電話をかけながら足早に立ち去るところだった。

「行ったよ」

そう言うと、彼女は聞こえるか聞こえないかの声で「うん」とうなずき、店の入口に立ったまま、バッグから財布を取り出した。

千円札を数枚出し会計カウンターのトレイの上に置くと、

「すみません。お釣りはいりませんから」

と戸惑うスタッフに頭をさげた。

なにが起きているんだろう？

「行こう」

明るい声で言うと同時に、さくらは僕の手を引いた。されるがまま通りへ出ると、男性が去った方向とは逆へ歩きだす。

酔っているせいもあるのか、周りの景色がどんどんうしろへ流れていく。上空からはまだ雪が降っているのに月がぽっかり浮かんでいて、絵本の世界に迷い込んだみたい。

僕は夢でも見ているのだろうか？

見知らぬ女性に手を引かれて繁華街を歩いているなんて、三十分前の僕なら想像もできなかったことだ。

さくらはなにも言わずにタクシー乗り場まで進むと、注意深くあたりを見回してから、

「ああ」

とうめいた。

「本当にごめんなさい。せっかくの時間を無駄にさせてしまいました」

さっきのはしゃいだ声とは違い、とても落ち着いた声だった。髪をほどくと、タクシー乗り場の照明で髪がさらさらと躍った。

「いえ……あの、大丈夫なんですか？」

尋ねる僕にさくらは首を静かに横に振った。

「わかりません。でも、今日は助かりました。ありがとうございました」

「僕はなにも……。いったいどうなっているんですか？」

彼女に興味があるわけではなかった。

昔から物事の原因と結果を知りたい性分だし、だからこそプログラマーの道を進んだ。この不思議な夜の理由を知りたい、それだけだった。

言い訳をするように自分を納得させていると、彼女は肩にかけたバッグから一枚の小さな紙を渡してきた。

ピンクの紙は名刺らしく、【物書き人　冬野(ふゆの)咲良(さくら)】と記されている。

「私の名刺です」

「あ、はい」

うなずいてから、そっか、と胸ポケットから自分の名刺入れを取り出した。ケースを開けるのももどかしく一枚取り出して渡す。

「鈴木春哉です」

「春哉さん。今日はありがとうございます。ちゃんと説明したいけれど、私、もう行かなくちゃ」

　周りに視線をやる彼女は誰かに追われている。いぶかしげな表情をしてしまったのだろう、「ごめんなさい」と咲良はもう一度謝った。

「今度、きちんとお話しします。約束します」

　前に並んでいた客がタクシーに乗りこむと、続いて青色の車体が彼女の横で停まった。うしろのドアが開く。

「本当にありがとうございました」

　しっかりとお辞儀をした咲良が滑るように乗りこむ。すぐにドアが閉められ、走り出す車体。彼女がうしろの窓から僕を振り返るのが見える。

　髪形のせいか、夜のせいか。僕にはそれがもう何年も会っていない絵理花のように見えた。

　胸が騒いでいるのは、酔っているせいだけじゃなかった。


　休日の朝は、たいてい新聞配達員の足音で目が覚める。

　階段そばのアパートの二階、薄いドアではカンカンという足音はやたら耳につく。それでも疲れているときは目覚めないことも多いのに、今朝は違った。

——ガンッ。

というなにかを蹴ったような音が響いたのだ。びっくりしてベッドから飛び起きると、階段を駆けおりる音に続きバイクのエンジン音が遠ざかる。

誰かが隣の部屋のドアの前に置いてある牛乳箱を蹴飛ばしたんだとすぐにわかった。これまでもたまにこういうことがあったし、なによりも節電のためにアパートの照明は夜十二時には消えてしまうから廊下もまだ闇のなかだろう。

薄いカーテンを開けると外の景色はやはりまだ夜だった。日ごとに日の出時刻は遅くなっているようだ。

せっかくの日曜なんだからのんびりしていればいいものを、二度寝ができない性分なのは昔から。

紐で引っ張るタイプの照明をつけると、目がちかちかした。時計の針はまだ四時半を過ぎたところ。

それにしても……と、散らかり放題のテーブルの上を見る。

名刺が置かれているのを確認して、昨日の出来事が夢じゃなかったと確認する。同時に、苦い感情が生まれた。薄いピンクの名刺を目の前に持ってくる。

【物書き人　冬野咲良】と教科書体で書かれた文字、その下には携帯電話の番号とメールアドレスが記載されている。

　不思議な出会いだった。

　絵理花のことを考えているところに、同じ髪形、似たようなカメラを手にした女性と知り合うなんて。

　しかも彼女は誰かに追われていて……これじゃあまるで映画やアニメの話だ。

　それこそ橘が聞いたら目を輝かせて興奮するだろう。

　水でも飲もうと台所へ向かう。流し台の上にある小さな窓の向こうがやけに明るい。まるで昼間のような明るさだ。

　誘われるように上着も羽織らずにドアを開けると、月が低い位置で輝いていた。ほとんど満月に近いほど膨らんだ月は銀色の光をさらさらと落としている。まるで昨夜降った雪が空の汚れを拭ったかのように、クリアな月。

　空は秒ごとに明るくなっていて、月光が朝を迎えるために星を降らせているみたいだ。

「きれいだな……」

　柄にもなくつぶやくと同時に、部屋のなかからピロンと電子音が聞こえた。

　寒さに身を縮めながら戻り、スマホを開くと知らないアドレスからのメールが一件届いていた。

「あ……」

それが名刺に書かれたアドレスと同じであることを知り、慌ててメールを開封した。

『鈴木春哉様。冬野咲良です。昨日は本当にありがとうございました。あのあと無事に家に帰ることができました。朝早くのメール失礼いたしました。あまりに月がきれいで目が覚めてしまったのです』

三回読み直してからスマホを充電器に戻す。居間の窓からはさっきの月は見えない。しばらく考えて返信を打った。二回書き直して、一度全文を消去した。再度打ち直すまでに珈琲を一杯胃に流した。

『冬野咲良様。鈴木春哉です。こちらこそ、ありがとうございました。ちょうど月を見ていたところです。ご無事でなによりです』

パターンを踏襲した文章だし、なにに対してお礼を言っているのか自分でもわからない。が、これ以上推敲してもきっとろくな文章は出てこないだろう。

昔から女性とメールをするのは苦手だ。

絵理花とだったらうまくできたのにな。ふいにそんなことを思い出す。

彼女はＬＩＮＥなどのメッセージアプリが苦手で、メールを好んだ。毎日のように彼女にメールを送ったし、それが日常だった。

ああ、また思い出のなかに戻されている。咲良と雰囲気が似ていたせいもあり、忘れたい記憶がじわじわと蘇ってきてしまう。

気持ちが残っているか、と尋ねられればそれは違う。僕は見事にフラれたわけだし。その理由は事故で忘れてしまったけれど。

ひょっとして、もう一度恋ができるのだろうか。

出会ったばかりの女性をもう恋愛対象にしているなんて、どれだけ飢えているんだよ。あんなにきれいな人ならきっと彼氏もいるだろうし、結婚している可能性だってある。

それなのに気になってしまう自分が安っぽく思えた。

送信ボタンを押してから、ごろんと横になる。

すると、すぐにまたメールの着信を知らせる音がした。

『月、きれいですよね。明日、といっても今夜のことですが、満月のようです。晴れるといいですね』

読み返している途中で新たなメールが届いた。文字を打つのが相当速いのだろう。

『昨晩のこと、きちんと説明させてほしいです。今日はお時間空いていますか？　昨日のお店に13時にどうですか？』

　これはまずい、と体を起こす。

　世の中にはこういったうまい話があると聞く。実際、僕も昔、繁華街で声をかけられ、気づくと高額な絵画を買わされそうになった経験がある。ほかにも、大学の同窓会でろくにしゃべったことのない同級生に声をかけられ、なにかの集会に誘われたことも。どちらもきっぱりと断れたから大ごとにならなかったけれど、話に乗っていたなら大変なことになっていただろう。

　断ればいい。そもそも昨日が休日出勤だったせいで今日という一日は、貴重すぎる休みなのだから。

　けれど、僕の指は意思とは裏腹に『わかりました』と返信をしていた。

　あの不可思議な行動について知りたいだけ。そんな言い訳をして横になる。

　そうだよ、咲良に興味があるわけじゃない。

　でも、もしもこれが運命の出会いだとしたら……。仮定の話は好きじゃないのに、そんなことを考えてしまう。

　やっぱり二度寝はできそうになかった。

バスをおりると同時に、今年も冬が訪れたことを知った。

それは行き交う人々が厚着だったこと、風がやけに冷たかったこと、吐く息が白かったことなど、さまざまな要因が重なってのこと。

肴町へ向かいながら何度も足を止めてしまう。

警戒心と興味が混在していて、自分でもどうしていいかわからない状況。新しいことに挑戦するほど若くないし、消極的な性格であることも自負している。

人生なんてあっという間に過ぎていき、気持ち的にはもう余生を送っている気分の日々だ。

激しく燃えあがった恋の焼き跡には、枯れた大地が広がっているだけ。ひとり残された僕は、事故により記憶さえあいまいに処理して生きている。

それでいいと思ったし、そうしたいと思っていた。

咲良との待ち合わせは、昨日と同じ店。昼間も喫茶店として営業しているとのこと。照明がついていないせいで、バーとは思えないほど落ち着いて見える。

これだけ寒い昼間だというのに、デッキには犬を連れた家族連れや、女子高生らしきグループの姿があった。日曜日の縮図のような光景に、憧れとあきらめのため息がこぼれた。

テラス席にはいないようなので、ガラス戸を開け、なかに入ると同時に、絵理花のうしろ姿が見えた。長い黒髪、やけに姿勢がいいのは彼女のトレードマーク……。いや、違う。彼女は咲良だ。

近づく僕の気配に気づいた咲良が振り返り、うれしそうにほほ笑んだ。

今日は珈琲を頼んでから席に着くと、まず彼女の服装に目がいった。茜色のニットにチェックのストールをかけている。裾の広がった茶のパンツスタイルがよく似合っていた。

反面僕は、着ていく服がなく黒いセーターに黒いパンツ姿。なんだか恥ずかしくなってしまう。

「今日は突然ごめんなさい」

昨日から謝られてばかりの気がする。

「いえ……こちらこそ」

「プログラマーなんですね。かっこいいですね」

職業を褒められているのだと自分を戒めてから、昨日もらった名刺を思い出した。

「冬野さんは『物書き人』って書いてありましたね」

「今は失業中なんです。といってもバイトはしていますけれど。でも、それじゃあ恥ずかしいので、ああいう名刺を持ち歩いています」

「ライターってことですか？」

　珈琲が運ばれてきた。見ると、咲良も同じものを飲んでいるようだけれど、半分以上減っていた。早めに着いて待っていてくれたのかもしれない。

「ライターというか、詩のようなものを書いているんです」

「詩人ですか」

「いえいえ。そんな立派なものじゃないです」

　右手を小さく横に振ってから、咲良は首をかしげた。

「あ、といっても電子書籍で出したことが一度だけ。普段はブログを書いていたりします。生活はバイトでなんとか、という感じです。早く就職しなくちゃ、って思うんですけどなかなか……」

　そう言ってから咲良は周りを一瞬見て顔を近づけた。

「すみません。事情はきちんと話しますので、名前で呼んでもらっていいですか？」

「あ、そうでしたね。えっと……さ、咲良さん」

「できれば呼び捨てで。どこで聞かれているのかわからないので。本当に申し訳ないです」

上目遣いで見てくる咲良に胸が音を立てた気がした。たとえばこのあと場所を移動して、絵画を勧められても買ってしまうかもしれないというほど動揺している。

ぐっとこらえて、「咲良」となんでもないように口にした。

「春哉くん、ありがとう」

目を細める彼女に同じようにほほ笑んでから、珈琲を飲んだ。熱すぎる。

「僕も『さん』づけで呼びたいんだけど」

「不自然になっちゃうから、このままでお願いしたいな」

「じゃあ、咲良も僕のことを――」

「それもダメ。恥ずかしいもん」

「なっ……」

慌てる僕をクスクス笑ってから、咲良はキュッと表情を締めた。

「こんな話をするために呼んだんじゃないですもんね。すぐ脱線してしまうんです」

そうだった。昨夜の出来事の真相を知りたくて来たことを僕も忘れていた。意味もなく珈琲カップの取っ手の向きを変えてから咲良は「実は」と声のトーンを落とした。

「最近変な人にあとをつけられるんです。あ、つけられているの」

「……変な人？」

「うん」とうなずいた咲良が、怯えた瞳で店の入口を確認した。

「ブログをやってる、って言ったでしょう？　今どきブログをやる人も少ないって聞いたからはじめたのに、実はまだそこそこ人口はいるみたいでね……」

人口、という言いかたがおもしろくて「ふ」と笑ってしまったが、咲良の表情が真剣なのを見てすぐに口を閉じた。

「いつもコメントをしてくれる人がいて、最初は応援してくれていると思ってた」

僕の胸あたりに視線を落とし、咲良は続けた。

「ある日、『ふたりで会いたい』というコメントが来て、丁重にお断りしたの。その日から、コメントが攻撃的なものになっていった。冗談っぽく返していたんだけど、そのうちそれも怖くなって……」

改めて見るその肌は白く、積もったばかりの雪を連想させた。

「それでね」

咲良の声に我に返った僕は、「うん」ととってつけたように相槌を打った。

「どんどんコメント欄が荒れてしまって、最後はブログ自体を閉鎖したの。今は別のペンネームで新しいブログを書いているけど、また見つけられるんじゃないかって不安で……」

「そうなんだ」

話の流れが読めないけれど、彼女くらい美しい人ならファンもつくだろうと思った。

「先週、スマホにメールが届いたの。熱烈なラブレターでね、愛の言葉がずらりと書かれていた」

驚きのあまり固まる僕に、咲良はゆるゆると首を振った。

「どうやって調べたのかわからない。とにかく怖くて、すぐに『恋人がいます』と返信をしたの。『嘘つかなくていいよ』と返事が来て、そのあとに『いつも見ている』って書いてあって……。メアドは変更したけれど怖くって」

「警察には届けたの？」

遮るように尋ねる僕に、咲良はこくんとうなずいた。

「すぐに行ったよ。でも、なにか起きないと対処はできないって言われた。なにかあってからじゃ遅いのに」

「待って。ということは、昨日はその男につけられていたってこと？」

テレビのニュースとかでたまに見る事件を思い出して尋ねると、咲良がハッと顔をあげた。

「春哉くん、ひょっとしてその人の顔を見たの？　どんな人だった？」

「あ……見てない。ごめん。薄暗い場所に立っていたし」

なにか覚えていないかと自分に問いかける。

「遠くてよく見えなかったけれど、身長が高くて……そうだ、茶髪で肩くらいまでの長さだったと思う」

「そうなんだ」

両手で自分の体を抱くようにして咲良はつぶやいた。

ああ、自分のバカさ加減を呪う。あんなに近くにいたのに、顔も見ていないなんて！

「実は、春に詩集を出してもらえることになったの。といっても今回も電子書籍なんだけどね、うまくいけば紙の本にもしてもらえるんだって。それで、普段なら昼間しか出歩かないのに、どうしても新しい写真が撮りたくって出かけちゃったんだ。そしたらあんなことになっちゃって……」

「ああ、だからカメラを持っていたんだ」

「友達についてきてもらう約束だったんだけど、彼女、具合悪くなっちゃって」

後悔を顔ににじませている。眉間によるシワさえも照明に反射し、銀色に光っている。集中しろ、と自分に命令して姿勢を正した。

「肴町に入った所で、誰かにつけられている気がして……。はっきりと見たわけじゃないけど、男の人だったと思う。だから怖くって……。そんなときに春哉くんを見かけたの」

「すごくびっくりしたよ」

突然目の前に座った咲良を思い出して言うと、彼女はやっと笑みを浮かべてくれた。

「自分でも驚いた。まさか初対面の人にあんな大胆な行動を取るなんて。でも、なんて言えばいいんだろう……。春哉くんなら助けてくれる気がしたの」

「あ、うん」

気持ちが揺さぶられている。いや、違う。咲良に、じゃなく僕自身の気持ちが勝手に揺れているんだ。

奇妙な間を埋めるための質問を考えた。

「あの男がストーカーってことだよね？」

「まだわからない。昨日つけていた人だって、本当に私を追ってたのかも確認できてないし」

ため息混じりに言った咲良が、「でも」と続ける。

「どうしてそこまで気に入られたのかわからない。ブログだって、景色の写真とうちの猫の記事をあげているだけなのに」

「そういうものだよ」

「え？」

お腹のあたりに怒りのような感情が生まれていることに気づいた。

「ストーカーなんて自分勝手に妄想して、相手を好きになるんだ。自分の行為を正当化し、相手の気持ちなんてまるで無視。一方的に勘違いして、勝手にのぼせているんだよ」

吐き捨てるように一気に言ってからハッと我に返った。見ると、咲良はぽかんとした顔で僕を見ている。

「あ、ごめん。一般論で、ってことだけど……」

なに熱くなってるんだよ。いつもの自分らしからぬ発言に恥ずかしくなってしまう。

「ありがとう。やっぱり春哉くんに助けてもらってよかった」

「そんな顔で笑っちゃダメだよ。僕だって勘違いするかもしれないし」

おどけて言いながら、心の防波堤を高く積みあげる。心のなかに誰も入れないように、高く。

――僕はたぶん、もう一度恋に落ちるのが怖い。

「そういえばね、私の友達も昔ストーカーの被害に遭っていたことがあるんだ。よく相談に乗ってたけど、リアルになると本当に怖いものなんだね」

思い出すように目を閉じてから咲良はまた僕を見た。

「春哉くんは年齢はいくつなの？　私は二十二歳になったばかり」

「あ、二十六」

「近いね」

「近くないでしょ。四歳の差は大きいよ」

卑下しながらこめかみのあたりに手をやっていた。また遠くから頭痛がやってくるのがわかる。

「頭、痛いの？」

「あ、いや。昔、事故に遭ってから頭痛がたまに起きるんだ。平気だよ」

「……事故？」

声色の変わった咲良に、余計なことを言ってしまったと知る。

「咲良は僕のことよりも自分のことを心配すること」

ニッと笑って見せると、咲良は曇らせた顔を元に戻して「たしかに」とうなずいた。

「今のところ、住んでいる場所とかはバレてないんだよね？」

「だって知りようもないでしょう？　もし、昨日の人がストーカーだったとして、たまたま町で見かけただけかもしれないし」

「よくないよ」

「え？」

ふう、と息を吐いてから僕は意味もなく冷めゆく珈琲の湯気を探すようにうつむいた。

「僕はプログラミングの仕事をしているからわかるんだけど、ブログや動画をネット上にアップするってことは、個人情報を晒しているのと同じなんだ」

「個人情報は載せてないけど……」

「君に興味を持つ人なら、ブログに載せた写真や言葉から、住んでいる場所なんてたやすく調査できる。実際にメアドもバレてるわけだし、プログラム解析ができる人だったら電話番号なんかも入手可能だよ」

目の前で青ざめていく咲良を脅かしたいわけじゃない。ただ、心配なだけ。

「どうしよう……。今のブログははじめて間もないけど……」

スマホを取り出し操作すると、咲良は両手で僕に差し出してくる。おずおずと受け取り、画面を見ると、『続・花ちゃん探索記』と丸文字の題字が表示されていた。

「花ってペンネーム？」

「ううん、うちの猫の名前。花ちゃんっていう——ほら、この子」

身を乗り出してスマホをスクロールする咲良から、甘い香りがして反射的に息を止めていた。

いくつもの写真にキジトラの大きな猫が写っている。スクロールさせながら勝手にため息がこぼれてしまう。

「ああ、これはまずいね」

率直な感想を告げると咲良は「嘘、どこが？」と声をあげた。しょうがない、と画面を彼女に見せる。

「たとえばこの写真。猫……花ちゃんの横に写っているのって、猫草でしょう？」

「うん。よくわかったね」

「昔から猫が好きなんだ。自分で飼ったことはないけど、周りに飼ってる人が多かったから」

プラスチック製の鉢に入った薄緑の低い葉が猫の隣に置いてある。グルーミングで胃にたまった毛を吐き出すために使われているイネ科の植物だ。通っている接骨院でも猫が飼われていて、同じものが廊下に置いてある。

「そうだけど、これのどこがまずいの？」

二本の指で写真をズームすると、鉢に書いてある文字が大きくなった。

『小澤（おざわ）園芸店オリジナル　猫がよろこぶ草』と書いてある部分を指さした。

あ、と口を開けた咲良。写真の下には、『動物病院の帰りにお散歩。猫草を購入しました』という彼女が書いた文章が添えられている。

「これで君は小澤園芸店の近くに住んでいることがわかるし、その先にある動物病院に行っていることもわかる。しかも徒歩圏内。大まかな住所はこれで推測できるよね。咲良の顔だってはしっこに写っちゃってるし」

しゅんと肩を落とす咲良に口を閉じかけたが、ちゃんと言っておかないと、と気持ちを改める。あまりに無防備すぎて心配だ。

「個人情報を見つけようとする人は、どんな情報でも見逃さない。写真をアップするなら、細心の注意をしないと」

もう咲良は叱られた生徒みたいに唇を尖らせている。

「今はストーカーもこの新しいブログに気づいてないかもしれないけれど、見つかるのも時間の問題だと思う」

そこまで言ってから、咲良が僕を見ていることに気づいた。なにかに驚いたような顔に首をかしげる。なにか変なことを言ったのだろうか……。

「春哉くんってストーカーのこと詳しいんだね」

感心するように言った咲良に、すぐさま「違う」と否定していた。

「ストーカーが許せないんだ。自分勝手に好きになって執着して、相手の迷惑のことなんて考えてない。……卑怯だよ」

強い口調になっている自分に気づき、「ごめん」と付け加えた。なにを熱くなっているんだろう。

「ううん。そんなに心配してくれるなんてうれしい」

幸い咲良はよいふうに受け取ってくれたみたいでホッとした。

「思い切ってブログのタイトルを変えてみたらどうかな?」

「タイトル?」

画面に視線を戻す咲良に、タイトルの部分を指さした。

「続、ってつけているだけじゃ、すぐにバレるよ」

「そっか。言われるまで気づかなかった」

「写真もダミーのものを使うといいよ。家からずいぶん離れた場所……そうだね、旅行とかにでも行ったときにその町の写真を撮るといい」

「それをどうするの？」

不思議そうな顔で尋ねる咲良はピンと来ていないみたい。

「まるで自分が住んでいる町かのように書くんだよ。もちろん地名なんかは伏せてね。『引っ越しました』とか書いちゃってもいいかも」

「あー、それで住んでいる場所を錯覚させるんだね。春哉くんってすごい。まるで探偵みたいだね！」

尊敬のまなざしを向けられ悪い気はしない。

でも、続いて彼女が言った言葉に僕は驚くことになる。

咲良は唇に人差し指を当て、

「だったら、一緒に旅行に行かない？」

と上目遣いで提案したのだ。

それは『買い物につき合って』というような軽い口調だった。

午後の駅前は日曜日とあってたくさんの人であふれていた。

喧噪が渦になってこちらに向かってくるようで、普段家にいることの多い僕のＨＰゲージを減らしていく。

さっきから僕は無口で、咲良は逆によく話しかけてくる。

バスターミナルへ向かう地下通路へ続く階段の上で僕はやっと足を止めた。咲良から旅行の話をされてからまだ十分しか経っていない。

「じゃあ、ここで」

あえてそっけなく言う僕に、咲良は「うん」とうなずいてから首をわずかにかしげた。

「ひょっとして、頭痛がひどいの？」

「ううん。ちょっと用事があって」

なんて醜い言い訳。それでも一秒でも早く家に帰りたかった。結局、旅行の返事はあいまいに濁し、できればこのまま関係を断ちたいとさえ思っている。

咲良の髪形が絵理花に似ていることもあるし、服装だって彼女の趣味に近い。

何年も忘れていた記憶が、じわじわと流れこんでくるようでひどく疲れていた。

咲良を好きになってしまいそうな自分を不謹慎だとも思う。ストーカーで悩んでいる彼女につけこむようでフェアじゃない。

さっさと階段をおりてバスに乗ればいい。そうすれば、いつもの日常に戻れる。

やっぱり新しい恋をするには、まだ早いんだ。

「旅行の話をしたからだよね？」

咲良の声にハッと顔をあげた。しょぼくれた顔をしてうつむいている咲良に、

「違うよ」

と否定する。

「違わない。だって、急に態度変わるんだもん。そういう意味で言ったんじゃないし、もちろん日帰りのつもりだったんだよ。早く解決したいから、旅行に行きたいって思ったの。でも、ひとりじゃまたツッコミどころ満載の記事を書いちゃいそうだったから」

一気にそう言ったあと、咲良は首を軽く横に振った。

「いつもそうなの。ブログにしても、私ってちょっと人とズレているみたいで……。本当にごめんなさい」

「謝ることないよ。まあ……正直に言うと、驚いちゃったんだ」

僕はなぜ、素直に答えているのだろう？

「そうだよね。ストーカーがしつこいのも、ひょっとしたら私がそうさせちゃってるのかも」

「そういうことじゃなくってさ……」

なぜ、帰らないのだろう？　なにを必死になっているのだろう？

「前のブログのときにコメントをもらえてうれしかった。だから丁寧に返事をしちゃった。それが勘違いさせたのかもしれない」

「違うよ」

「友達がストーカー被害に遭ってたときもそこを注意してたはずなのに、同じことしてるなんてほんとバカ――」

「違うって」

語気を荒らげてしまった。なぜ、彼女の前では感情が隠せないのか、自分でもわからない。

周りの雑踏が聞こえなくなるほど、頭のなかで言葉を探る。体ごと咲良に向けると、僕はもう一度「違う」と今度はやさしく伝えた。

「ブログなんてものは仮想現実なんだ。コメントのやり取りだって同じ。それを勝手に現実世界に持ちこんだのはストーカーのほうであって、咲良じゃない。咲良はなんにも悪くない」

「え……」

戸惑うように視線をさまよわせた咲良が、

「びっくりした」

と胸に手を当てた。

「嫌われたのかと思ってた」

「まさか」

ようやく笑えた気がする。なんて素直でまっすぐな女性なのだろう。

恋に傾く自分が抑えられない。その流れに身を任せることが、自然なことのようにすら思えた。

「実は……女性と話をするのに慣れてないんだ」

正直に言う僕に、咲良は目を丸くした。

「私なんて、人間と話をするのに慣れてないよ。バイトも工場のラインだから誰とも話をしないし」

「そうなんだ」

「なんだか……私たちって似ているね」

はにかむ咲良に、「だね」と同意してから続ける。

「旅行もいいかもしれない。でも、今はストーカー対策のほうが先。ひとりで行くことも禁止します」

「……わかった」

ぶすっと唇を尖らせる表情をもう少し見ていたかった。

「なにかあったら連絡してほしい。いつでも、本当にいつでもいいから」

「はい、先生」

「気をつけて帰るんだよ」

送っていく、と本当は言いたかった。でも、言えなかった。どんな距離を保つのが正解なのかわからない。

「今日はありがとう。またね」

咲良が笑ってくれたから、きっと間違った言葉ではなかったのだろう。

風に身をすぼめるそぶりで「またね」と答えて歩きだす。

次に会うのがいつになるのか僕は知らない。

約束をしなかったのは、僕のなかにある弱い気持ちのせい。

それでも、彼女の笑顔が僕の冬を大きく変えてくれるような気がしたんだ。

第二章　できそこないの恋

骨盤矯正とは、文字どおり骨盤の歪みを正す施術のことらしい。

アパート近くにある接骨院は、先生がひとりでやっているので基本は予約制だ。これまでに、ほかの客に会ったことはない。

「施術する側の人間が不健康だと困るでしょう？　だから、ひとり終わったあとは、三十分くらい自分の体のメンテナンスをしているのよ」

先生であるマリさんはそう説明してくれた。人付き合いに積極的でない僕にとって、数少ない心を開いている相手だ。

接骨院の名前は『山本接骨院』といい、昔ながらの日本家屋の一角を使って経営している。元々はマリさんの祖父が開業したそうだけれど、今はマリさんが引き継ぐ形で営業を続けているらしい。

「本当はおしゃれな名前にしたかったのよ。でも、そうするには手続きが大変らしくって、看板だって作り直さなくちゃいけないじゃない？　あたし、めんどくさがりだからいいのよ、これで」

最初に訪れたのは、事故に遭ってから五日目のことだった。水曜日の夜に事故に遭い、木曜日からは会社には風邪を引いたことにして休んだ。痛みにうめいたあげく、月曜日にさらに有給を取り、近くの接骨院を探したところ、ここがヒットしたわけだ。

それ以来、月曜日が僕の予約日となっていた。

通うのは週に一度のときもあれば、月に一度ということもある。自分の体調を見ながら、というよりはマリさんに言われるがままという感じだ。

今日もマリさんは濃いメイクで迎えてくれた。年齢は聞いたことがないけれど、三十歳手前といった感じか。ウェーブがかった茶髪をひとつにまとめ、スタイルを強調するようにピッタリとした白衣を着ている。

膝丈のスカートもこだわりのひとつらしい。大人の色気をふんだんに振りまきながらも、壁に掲げられている『合気道三段』の証書のおかげか、手を出そうという強者は皆無だという。

猫と一緒に暮らしていて、施術室の奥に続く住居スペースにほかの人の気配はない。

「それにしても、もうあの事故から二年も経つのよね」

マリさんがカルテをめくる音がした。

靴を脱ぎ、顔の部分だけぽっかり穴が開いている硬いベッドにうつぶせになる。

「あら、今日はスーツなの？」

「すみません。着替えに戻る時間がありませんでした」

「ま、いいけど」

マリさんがタオルをかけてから、僕の肩に両手を載せた。それだけでじんわり温かさを感じるから不思議だ。

全身を観察するように軽く押してから、ペンを滑らせる音がした。なにやらカルテに記載しているらしい。

「だいぶ骨盤は矯正されてきてるけど、登山にたとえるならまだまだ五合目ってとこかしら」

「頂上までは遠いですね」

答えると同時に右足を持ちあげられる。すぐにボキッと骨を砕くような音がした。痛くはないし、この音にももう慣れた。マリさんによると、これは骨の音ではなく、関節と関節の間にたまった気泡が弾ける音だそうだ。

「頭痛はまだ続いているの？」

「たまに、です。でも寒くなってから頻度が増えた気がします」

「骨盤矯正で治るとは限らないけど、あたしの技術じゃほかにやりようがないしね」

商売っ気のないマリさんらしい台詞だ。

「もう頭痛は仕方ないと思っています」

ここには肩と腰の痛みの治療が目的で通っている。とくに腰については、あの事故以来ずしんと重くなる日が多々あった。

薄暗い床を眺めると、マリさんの愛猫のシーナがちょうど下を通りかかった。ふわふわの白い毛を誇るように優雅に歩いていく。

「シーナさん」

呼んでもこっちを見ようともしない。いつだって彼女は僕を無視している。

「シーナは耳が遠いからね。もうおばあちゃんなのよ」

「フラれっぱなしですね」

肩を強く揉まれ「う」と声が出そうになった。

「肩甲骨がまるでダメ。岩というよりダイヤモンドくらい硬いわ。仕事なのはわかるけど、ストレッチもたまにやらなきゃね」

「はい」

一時間に一度、簡単なストレッチをやるようにいつも言われるけれど、実際にやったのは毎回最初の数回程度。仕事につい夢中になり、気づけば痛みにうめくことが続いている。

しばらく肩と腰を揉んでもらい、最後は仰向けになり首と頭部をほぐしてもらった。痛気持ちいい感覚が、筋肉のほぐされる過程を教えてくれる。

すべて終わると、マリさんはハーブティーを提供してくれる。それをベッドに腰かけて飲んで施術終了、という流れだ。

丸椅子に腰かけてマリさんはお気に入りの花柄のカップに淹れたハーブティーの香りを吸いこんだ。完璧なメイクはこの時間のためなのかもしれない。

「それにしてもさ、春ちゃんも変わっているわよね」

いつからその名で呼ばれているのか、最初は『鈴木様』、次が『鈴木さん』。しばらく空いて『春哉くん』と変わっていった呼びかたは、うれしくもありむずがゆくもある。

「マリさんほどじゃないですけどね」

「あたしはいたってノーマルよ。アブノーマルな趣味はあるけどね」

どこまで本気かわからない冗談を言ってから、マリさんはカルテをめくった。

「前から聞きたかったこと、常連のよしみで聞いちゃうわね。どうして、事故のことを警察に言わなかったの？」

「……ああ、その話ですか」

「不思議だったの。最初に診たときは、外傷こそ少なかったけれど、ひどいむち打ち症状だったじゃない。たしか『階段から落ちた』って言ってたわよね。すぐに嘘だってわかったわよ」

「すみません」

「しばらく通ってから、やっと交通事故に遭ったことを教えてくれたわよね？　普通なら警察を入れて、保険治療をするのにどうして自費診療を選んだの？」

ずっと聞きたかったのだろう。マスカラを塗ったまつ毛の瞳を大きくしてマリさんが尋ねた。

なにも答えない僕に、「最初はね」とマリさんは宙を見やった。

「被害者じゃなく加害者かも、って疑っちゃった。でも、症状はあからさまにぶつけられた側のものだったし、ほんと謎だったのよ」

「言ったじゃないですか。事故のあとの記憶があいまいなんですよ。気づいたら家に帰ってて、うめいていたわけです」

一滴の水も飲めずにもがいていたことを思い出せば、背筋が未だに寒くなる。

「あとからでも警察に言えばよかったじゃない。あれだけの痛みだもの。絶対相手の車にも損傷があったはず。なのに、事故のことを伏せて自費診療を選んだでしょう？　聞いてもはぐらかすだけだったし」

事故に遭ったことを告げたのは、通い出して半年を過ぎたころだっけ。つい最近のように思っていたけれど、季節は春だったよな……。

「なんていうか……」

口を開きかけてつぐむ。体が柔らかくなったせいで、するんと言葉も出たような感覚だった。

マリさんの先を促すような視線を感じ、あきらめのため息をついた。

「本当に事故のことは覚えていないんです。それなのに、なぜか罰を受けたような気がしたんです」

「罰？」

「うまく言えませんが、受け入れるしかない、みたいな……。神様が与えた罰みたいな感じですかね。無神論者ですけど」

「あなたを車で撥ねたのは神様じゃなくて人間よ」

「もう終わったことですから。それに、こりを治したかったのもここに来た目的のひとつでしたし」

マリさんは納得できない顔でしばらく僕を見ていたけれど、

「ま、あたしはお金さえもらえればどっちでもいいんだけどね」

現実主義の彼女らしい言葉でまとめ、赤い口紅でほほ笑んだ。

にゃおと鳴いてシーナがマリさんの膝小僧に頬を擦りつけた。

「ご飯はちょっと待っててね」

おばあちゃん猫なのに丸々と太っていて、未だに食欲旺盛だそうだ。『ご飯』の単語を覚えているらしく、マリさんの言葉を聞いて一層激しく行ったりきたりしている。

「そういえば記憶はまだ混乱しているの？」

エサ入れの前で片膝をつき、カラカラと音をさせご飯を入れながらマリさんが尋ねた。そういう仕草が妙に色っぽくて目を逸らす。

「思い出そうとすると頭痛がひどくなるので、すっかりあきらめました」

「大まかなことは覚えているって言ってたよね？」

「記憶喪失とは違うと思うんです。ただ、ぼやけているというか……」

そんなことを話すだけで頭が痛いような気がしてくる。

立ちあがったマリさんが長い両手を腰に当てた。

「本当に大切な記憶なら覚えているだろうし、日常生活に問題がなければいいってことね」

「ですね」

引き戸を開けると、外の風が吹き荒れていた。まるで嵐みたいだ。

そういえば、あの事故に遭った日も大雨が降っていた。

破れ破れの記憶のフィルムの上映を断ち切って、

「ありがとうございました」

と振り返る。

「次は一カ月後で大丈夫。急な不調のときは電話して」

にっこりと笑うマリさんの足元で『早く帰れ』と言わんばかりの仏頂面でシーナがにらんでくる。

アパートに戻る道すがら、乱れる髪もそのままに必死で前に進んだ。台風が来ているらしく、空にはすごい勢いで黒い雲が流れている。

今ごろ、咲良はなにをしているのだろうか？

一瞬浮かんだ考えを風に飛ばす。最近は、こうして彼女を思い出すことばかり増えた。

遠い過去の記憶と違い、咲良のことはさっき会ったみたいにリアルに思い出せる。

そのあと決まって、やさしい気持ちと苦さが胸の奥に広がることの繰り返し。

体の痛みを取るみたいに、心の痛みを取る病院があればいいのに。

夢のなかでも仕事をしていた。

なぜ夢だとわかったのか。それは青色の世界だったからだ。

薄青色に侵されたオフィス、照明もパソコンのモニターすらも同じ色を放っている。

「もっと堂々と言ってやればいいんだよ」

橘の声がする。

「そうだけど、やっぱりお客様なわけだし」

気弱に答えているのは僕の声だ。あ、今自分の口で言ってたんだ。

「会社と客は対等だろ？　そうじゃなきゃ絶対にいいものは作れねえって」

「それはわかるけど、相手の言うことにも一理あるし……」

ああ、これはあの日に交わした会話だ。クライアントからのクレームに謝罪の電話をしたあとに、橘から言われたんだっけ。

「なあ」と橘が立ちあがった。

「春哉どうしたんだよ」

「え？」

顔をあげると太い両腕を組んだ橘は、なぜか悲しそうに眉をさげている。

「前はそんな弱気じゃなかったろ？　仕事だってもっと事務的にバンバンやってたの

に、今じゃメールひとつ送るのも躊躇してる。人との付き合いを避けているのか？」

「そんなつもりはないけど」

画面に視線を戻して平気な声を意識する。橘は荷物をまとめている間、黙っていたけれどカバンを肩にかけると僕の横に来た。

「やっぱり、元カノのこと忘れられないのか？」

「なんでそうなるの？　それに元カノじゃなく、単なる片想いだったんだって」

あはは、と笑ってみせると、橘は「そっか」と鼻で息をついた。

「違うならいいけど、春哉が変わったのって失恋したあたりからだからさ。なにかあるなら言えよ」

「わかった」

「それに、お客様は会社を選ぶけど、会社様だって客を選ぶ時代なんだよ。バシッとメール返してやれ。じゃ、帰るわ」

橘の顔がぼやけてよく見えないまま、「ああ」と答えた。

「なんたって新婚だからな」

聞いてもいないのにそんなことを言って橘は帰っていく。まだ定時を過ぎたばかりだし、今日は早めに帰れそうだ。

画面に新着メールを知らせる封筒のアイコンが点滅した。

カーソルを滑らせて開くと、登録されていない住所からのメールだった。

件名に『鈴木春哉様』と記載されているから、迷惑メールではなさそうだ。クリックしそうになる指を寸前で止めた。このメールを僕は知っている。

そうだ、このメールを開いたことで僕は……。

ずっと忘れていたあの日の記憶が再現されている。どうして今になって……。

「開けちゃダメだ」

必死で声にしても指はもう言うことを聞いてくれず、あっさりとメールを開こうとする。

寝ているはずなのに、夢のなかでもギュッと目をつむると、暗い世界がそこにあった。

もうあの日のことは思い出したくない。記憶は事故でなくなったはずなのに、なぜ!?

どれくらいそうしていたのか、雨の叩く音が聞こえてきた。

恐るおそる目を開くと、次の瞬間、僕は車の運転席に腰をおろしていた。エアコンからの暖房の音よりも大きく、雨がフロントガラスを叩いている。まるで、嵐だ。

車内も雨も、外の闇ですら青い色。

「どうして……」

カラカラに渇いた喉。エンジンを停めれば尚更騒ぐ雨音。

あの事故以来、自分で車を運転することすら怖くなっていた。懐かしささえ感じる車内を見渡しながら、早くこの夢から覚めるように願った。

願いもむなしく、過去の僕は助手席に置いてあった傘を手にする。

外に出ると、一瞬でスーツはずぶ濡れになった。十月末というのに雨は生温かく、夢の世界なのに温度を感じる。

「これは夢だ」

言い聞かせても僕は知っている。

これは現実に起きたことだ、と。

記憶の糸がもつれているのか、まばたきをしたあと、僕は暗い場所を歩いていた。

青い雨のカーテンが視野を狭め、アスファルトの上を歩いている感覚しかない。

どうやら広い場所のようだ。近くにぼんやりとした青い明かりが見えた。

近寄るにつれ、それがレンガ造りの建物だとわかる。あと少しでたどり着く。

水はけが悪いのか水たまりがいたるところにあって、進む足をいちいち止めてくる。

なぜここに来たのかは覚えていない。

なんのために急いでいるのかわからずに早足で歩く。

どんな気持ちで？　これも覚えていない。

青い世界をふらふら歩く僕は、まるでゾンビになったみたい。

遠くで点滅している青信号と、もうすぐ聞こえてくるであろうあの音の予感。やっぱり僕はこの光景を覚えている。

闇を切り裂くように、熊が吠える声が響いた。振り返るけれど青い世界ではやっぱりなにも見えない。

――グオオオオ。

重低音を響かせ向かってくるもの。わかっていたはずなのに、それが車だと気づいたときには遅かった。

レンガ造りの建物へ駆け出すのが遅れた。

まっすぐ突進してくる鉄の塊がモンスターのように牙を剥いている。

悲鳴をあげる間もなく、急ブレーキの音と鈍い音がして僕は建物の外壁に頭を打ちつけて崩れ落ちた。

地面に首を横にして倒れているらしく、口のなかが血の味でいっぱいになっている。

ああ、やっぱりあの日と同じだ。痛みさえ感じるほどのリアルな夢。

怖い。ただ、怖くてたまらない。

次に夢のなかで目を開けたとき、アスファルトで砕ける雨粒が映った。ぴしゃん、という音ともに革靴が目に入るけれど、すべてが青に染められている。

……誰かが僕のそばにしゃがみこんでいる。

手を差し伸べてくれる人。ああ、僕を助けようとしてくれているんだ……。

それはなぜ？　こんな価値のない人間、助けても仕方ないのに。神様が下した罰を受け入れ、このまま雨水に流され消えてしまえばいい。

ふと、しゃがんでいる人のすぐ後ろにひしゃげた車体が見えた。

ああ、この人が僕を撥ねてしまったんだ。さぞかし動揺しているだろうな……。

伸ばされた手に首を横に振った。

「大丈夫です。もう……行ってください」

その人が手からぶらさげている車のキーがぼんやりした視界のなかで見えた。雨が強くなり、意識が薄れる。

暗い世界で車の音が遠ざかる。同時に、朝の光がまぶたの裏に見えた気がした。

夢の終わりを知り、安堵のなか僕は目を開けた。

目覚めは最悪だった。

跳ね起きると同時に「痛い！」と叫んでいた。全力で走ったあとのように息が切れていて、何度も浅い呼吸を繰り返した。夢だった、と自分を納得させる前に二酸化炭素と一緒になにかが喉元に込みあがってくる。

口を押さえてトイレに駆けこみ、便器を抱えるようにして吐いた。胃酸が苦くて涙が視界を潤ませる。

ようやく落ち着くと僕は、トイレの小窓から差す光をぼんやりと眺めた。

夢でよかった……。

洗面所で口を洗い顔をあげると、鏡に映るのはだらしなく口を開けた自分の顔。寝ぐせを直し、歯を磨いてからコンタクトをつけた。

そこからは鏡を見ないようにする。自分の顔が嫌いだなんて、他人には恥ずかしくて言えないことだけど。

スーツに着替えているとスマホが点滅していることに気づいたけれど、時間がない。朝の一分一秒はあまりにも貴重すぎる。

混み合うバスのなかでようやくスマホを開くと、咲良からのメールが届いていた。

会ってからもうすぐ半月が経とうとしている。

今日まで数日に一度の頻度でメールのやり取りはしていた。といっても、来るのはストーカーについての内容がほとんどで、それに対してアドバイスを返す程度だったけれど。

『おはよう。土日どっちかで会えない？　ブログに載せる写真のチェックをお願いしたいんだけど』

あっさりとした文面を眺めてから、『おはようございます。土日どちらでも大丈夫です』と返事をした。

少し楽しみにしている自分に気づき、口をへの字に結んだ。

期待しちゃいけない。

窓の外、枯れゆく秋が溶けて流れている。バス停で停まるたびに、地面に散らばる銀杏や紅葉が目に入っても、夢の青色がこちらまで侵食してきているようで体が縮こまってしまう。

事故の夢を見たことなんてなかったから落ち着かない。

僕を轢いた人は、あのあとどうしたのだろう。罪悪感にさいなまれながら毎日を送っているのだろうか。考えるほどによくわからなくなり、手すりを持つ手に力を込めた。

二年前の事故のとき、僕はひとりぼっちだった。絵理花がいなくなり数年が過ぎ、抜け殻になったように生きていた。

あの事故を境に、彼女への想いに一区切りつけられたようにも思える。

絵理花と出会ったのは、もう五年前の秋のこと。

昔から自分はほかの人とは考えかたが違うと思っていた。数少ない友人たちは、集まれば恋や愛の話ばかりしていたし、性欲に関する話題も多かった。そういう経験がない僕にはついていくことができず、どうしてみんなそんなことばかりに興味があるのか不思議だった。

そんなときにあの喫茶店で絵理花に出会った。いわゆる一目惚れってやつだった。

彼女をひと目見たときに、それまで解けずにいたパズルが一気に完成した気がした。同時に、体全部から『好きだ』という感情があふれ出ている感覚を覚えたっけ。

その後、彼女への想いはどんどん強くなり、世界が輝きに満ちた。

あんな夢を見たせいで、絵理花との記憶が少し戻ってきたのだろうか。

不思議と苦しい気持ちはなかった。僕も絵理花も過去の恋を消化し、今は新しい人生を歩んでいる。こんなにやさしい気持ちになれるのは、咲良と出会ったからかもしれないが。

駅前でバスをおりてから地下通路を歩く。三番出口から上にあがれば会社の近くに出る。

「おはよう」

うしろから聞こえるダミ声。振り向かなくても橘だとわかる。

「おはよう」

足を緩めると、大きなあくびをしながら橘が横に並んだ。朝に弱いらしく、午前中はあくびばかりしている。

「やっと週末って感じ。今週は長かったー」

まだ出勤途中なのに、すでに終わった気分でいるらしい。

通勤ラッシュの時間、地下道はたくさんの人が行き交っている。駅に向かう人の波を避けながら流れに逆行して歩くのは、まるでゲームのようだ。

一方、橘は避けるつもりはないらしく決して道を譲らない。身長も横幅も大きい人は得だなあ、と素直に感心してしまう。

「そっちはうまいこと進んでる？」

と尋ねられ、ドキッとした。咲良のことかと思ったけれど、そんなはずはない。

僕は肩をすくめた。

「いつものとおり。修正も終わったし、土日は休めそうだよ」

「ならキャンプ行かね？　嫁とその友達と山に行くんだけどさ、男が俺ひとりしかいなくて――」

ふいに橘の声が遠ざかる感覚があった。それは、人波の向こうから絵理花が歩いてきたから。

違う、と脳が修正した。あれは……咲良だ。

なんで咲良がこんな所に……。

が、咲良が何度もうしろを振り返っているのを見て、疑問の答えがすぐに出た。

「ひょっとして……」

「え、なに？」

ひょいと顔を近づけてきた橘に驚いてしまう。

「なんでもない」

視線を咲良がいたほうに戻すけれど、もう姿が見えなくなっていた。

気づくと、咲良が僕のすぐ横を通り過ぎるところだった。不安そうな横顔が一瞬だけ見えた。こちらには気づいていないようだ。すぐに彼女との距離がまた離れていく。

足を止めた僕の腕を、「おい」と橘がつかんだ。

「急に止まってどうしたんだよ」

「あ、うん……」

咲良の長い髪を目で捜しても、もう姿は見えない。

なにかあったんだ……。視線を前に戻すと同時に、その男に目が行った。

黒いスーツを着た男性。季節外れの黒いサングラスと長い茶髪が目立っている。

先日、咲良を助けたときに見たホスト風の男と似ている。年齢は三十歳くらいだろうか。

今度はしっかり見ようと、一瞬ですれ違う男を目で追いながら、

「ごめん、先に行ってて」

橘に告げた。

「は？」

「ちょっと……病院に寄ってから出勤するから」

すぐに男の姿を追いかける。橘がうしろでなにか言っていたけれど、それどころじゃない。たぶん、咲良は追われている。

早足で進むけれど、あっという間に男性の姿はほかの人に紛れてしまった。

ヤバい、どうしよう。

追いついてもなにかできる自信はないけれど、見失うのはまずい。スマホを取り出し、咲良に電話しようとして気づく。

スマホにはメールアドレスしか登録していなかった。

自分のうかつさを呪いながら名刺入れを取り出そうとバッグを開こうとする。

……無理だ。人が多すぎてあまりにも迷惑だし、歩きながら名刺に書かれた番号を押す自信もない。

通路の先にあるエスカレーターまでもどかしく進み、乗ると同時に名刺入れを取り出した。番号をしっかり頭に入れてからスマホを操作する。

焦る気持ちのせいで番号がうまく押せない。

ようやく発信ボタンを押し、耳にこれでもかという強さで押し当てた。改札口へ流れゆく人から離れ、丸い柱に体をつけた。

早く。早く……。

『お客様のおかけになった電話番号は、電源が入っていないためかかりません』

非情なアナウンスに「ああ」と思わず声が漏れた。

まだ遠くへは行っていないはずだ。時計を見ると、九時を過ぎたところだった。

どうすればいいのだろう……。

手当たり次第歩き回っているうちに時間だけが過ぎていく。チェーンの珈琲ショップ、トイレ、北口のコンビニ、駅を出た肴町の通り。

通勤時間を終えた町は、曇天のせいかやけに暗く感じる。が、どこを捜しても咲良の姿はなく、電話もつながらなかった。

ようやく駅に戻ってきたときには額に汗が滲んでいた。

新幹線の切符売り場の前で呆然とたたずむ。こうなる前に、なにかできたのではないか。なんで咲良を見かけたときに声をかけなかったのか。

あんな後悔は二度としたくないのに、どうして同じことばかり……。

あんな、の意味もわからないまま勝手に頭がそう考えていることに気づく。

迷路のような絵理花の記憶を辿るよりも、今は咲良を見つけないと。

歩きだそうとしたとき、ポケットのスマホが震えた。さっき打った番号だから間違えるはずがない。

咲良だ！

「もしもし、咲良!?」

こちらの大声に通り過ぎる婦人が驚いた顔をしているが、関係ない。

「どこ？　今、どこにいるの!?」

「え……春哉くん。どうして？」

くぐもった声で咲良は言った。

「さっき見かけたんだ。それで……」

そんなことはどうでもいい、とスマホを握りしめた。

「無事なんだね？」

「あの……うん。今、メイワンが開店したところで……トイレに隠れているの」

メイワンとは、ちょうど斜め前にある駅ビルのことだ。こんな近くにいたなんて！

「何階？」

尋ねながら早足でビルの入口へ急ぐ。

「六階。あの、あのね……。気のせいかもしれないけれど、誰かに追われている気がして、それで私……」

「大丈夫。そのままじっとしてて」

「すごくトイレが混んでて……。もう出なくちゃ……」

たしかに電話の向こうでノックをする音がしていた。

「じゃあ、エレベーターで八階へ。いや、中央にあるエスカレーターのほうがいい。

八階に谷島屋書店があるから、そっちのほうが人は多いと思う」

「うん。わかった……」

「僕もすぐに向かう。参考書のコーナーがあるから、そこにいて。なにかあったら大声を出して人を呼ぶんだ」

エレベーターへ向かうと、開店を待ちわびていた人の列ができていた。踵を返し、エスカレーターを駆けあがる。

心配、というよりもなにかに突き動かされている気分だった。そうしなきゃいけない、と本能が命令しているみたい。

ようやく八階へ到着すると、切れる息もそのままに参考書コーナーへ向かう。のんびり本を眺めている客に「すみません」と声をかけすり抜ける。最後はもう駆け出していた。

本棚に右手を置き、たたずんでいる小さな背中が目に入ると同時に、安堵の息が漏れる。

ビクッと体を震わせてふり向いた咲良の目には、涙があふれんばかりにたまっていた。こんなときなのに、まるで宝石みたいだなんて思ってしまう。

「あ……春哉くん」

すがるように僕の腕をつかんだ咲良が涙を一粒こぼした。

「大丈夫？」

「うん。あの、違うの。私の勘違いかもしれなくって……。それなのに電話しちゃって」

声が震えている。男を見たことを言うべきだろうか。

でも、もし勘違いだったら余計に心配させることになる。

「いいよ。怖かったんだよね」

「ごめん」

下唇をぎゅっと噛んでうつむく咲良がはかなげで、そのまま消えてしまいそうに思えた。

「いつでも電話すればいいから」

「本当にごめんなさい」

咲良を守りたい、と思った。こんな不条理な理由で、咲良に謝らせたくない。安心させるようにその手をそっと握った。

「バイトに行くところだったの？」

「ちょっと写真を撮りに……。朝だから大丈夫かと思ったの」

ようやく落ち着く呼吸、気持ち、思考を感じながら彼女の手を意識的に離した。

「送っていくから帰ろう」

好きになりたくない。

自分に言い聞かせて歩きだしても、お腹のなかでなにかが僕を責めるように蠢いている。

彼女に恋をしていることを認めれば楽になれるのに、すんでのところで必死で留まっている。

そんな気分だった。


「怪しいよなあ」

ニヤニヤと牛乳パックのストローをくわえる橘をさっきから無視している。コンビニで買ったパンは味気なく、今朝、運動した分のカロリーには届きそうもない。

あのあと、咲良を、住んでいるマンションの入口まで送っていった。場所は駅南にあり、通勤途中にバスで通る道沿いだった。ちょうど職場とアパートとの中間地点くらいだろうか。

咲良がマンションに入るのを確認すると、急いで出社した。時間は十一時過ぎになっていた。上司に急に体調を崩して病院に行っていたと言い訳をしたり、遅刻届を提出しているうちに昼休みになった。

　僕の反応がないことに不満なのか、

「ほんと、怪しいよなあ」

　さっきよりも大きな声で橘が言ったから、ギロッとにらんでやった。

「なにが？」

　と尋ねたのは、斜め前の席、つまり橘の隣のデスクにいる水野さんだ。たしか、名前は沙織？　しばらく専業主婦をしている間に、プログラミングの学校に通ったそうで、数年前に社会復帰を遂げたらしい。歳は知らないし、聞くこともできない。中学生の子供がいると言っていたから、たぶん三十代後半だろう。

　化粧は濃くても、あっさりとした性格で橘とは気が合っている様子だ。

　僕にとってはやたら個人情報を聞きたがる噂好きな上司でしかないけれど。

　ほら、こうしている間にも橘に向けていた視線がカーブを描き僕へと向かってくる。獲物を狙うかのように輝く瞳に僕は首をかしげてみせた。

「なんでもないですよ」

　そっけなく答えてからモニターに隠れるべく身を縮めた。意味もなくデータを表示させ忙しいフリをする僕に、水野さんは興味を失くしたらしくネイルを眺め出した。

デスクトップにメールの着信を知らせるアイコンが表示された。

ひょっとして咲良？　急いで開くと、差出人の名前に『橘大輔』と書いてあった。

そっと顔をモニターの上から覗かせると、ヤツはニヤリと不敵な笑みを浮かべている。

『まさか、春哉にもついに春の兆しが!?』

画面に表示された一文を見て、すぐに返信ボタンをクリックする。

『そんなんじゃない。水野さんの前で変なこと言わないで！』

『じゃあどこ行ってたんだよ。病院なんて嘘だね』

『嘘じゃない』

『昔の彼女でも見つけたとか？』

わざとらしくため息をついてみせた。勘の鋭い同僚ほどやっかいなものはない。

二年前の事故のときに休んだことだって、『風邪を引いた』と説明したのに、橘は瞬時に見破った。腰をかばう姿勢、頬の擦り傷などを指摘され、あっけなく白状させられたっけ。

一応、警察には届けたことにしてあるけれど……。

あまりカッカしてはダメだ。こういうときこそ、冷静に対処しないと。

『もう恋なんてしない』

送信ボタンを押すと、マウスをクリックする音が向かい側から聞こえ、もう返事は来なかった。

橘は絵理花とのことは知らないけれど、昔、大失恋をしたことだけは伝えてある。そうして、その話題がなによりも苦手なことも。

やっと黙った橘が真面目に仕事をしている様子を確認してから、スマホを開く。

明日、咲良に会う約束をしている。楽しみ半分、不安半分というのが正直なところ。ちょっとしたことで、バランスが崩れそうな、そんなもろい感情だ。

ふう、と息を吐き姿勢を正す。

間もなく午後の勤務が始まる。

さっきから僕は置物のように部屋のはしっこで固まっている。

「ラクにしててね」

と言い残し、咲良はキッチンに立っているけれど、どうしていいのかわからない。

マンションまで迎えにいった僕を、彼女は当然のように二階にある部屋にあげた。

もちろん最初は断った。

けれど。

「写真を見てもらいたいのと、ブログもおかしなところがあればその場で修正したいから。それに、外に出るのが怖いの」

そう言われてしまってはしょうがない、と渋々という雰囲気を表現しながら部屋に入ったのが十分前のこと。

2LDKの部屋は白色で統一されていて、カーテンや家具もすべて白色。といっても最低限の家具しか置かないポリシーなのか、テレビとちゃぶ台のような小さなテーブル、そして三段ラックがあるだけのシンプルな部屋だった。キッチンカウンターにあるサボテンがかわいい。奥に見えるドアは寝室だろう。

「うにゃ」

声に目をやると丸々と太った茶色い猫と目が合った。いつの間にいたのか、低いテーブルの下から丸い瞳を覗かせている。既視感があるのは、きっと目元がシーナに似ているからだろう。

「君が花ちゃんか」

そっと近づくと、一瞬逃げる姿勢を見せた花だったけれど、やがてそろそろと這い出てきた。キッチンでお茶をいれてくれている咲良のほうを見てから、あぐらをかく僕の膝に顔をこすりつけてくる。シーナと違い、こちらは人に慣れている様子だ。

トレイにティーセットを載せた咲良が「珍しい」と笑う。

「はじめてほかの人を見るから逃げるかと思ってたのに」

つまり、この部屋にはほかに誰も来ていないってこと……？

余計な思考を中断し、ぎこちなくカップを受け取った。てっきりテーブルの向かい側に座ると思っていた咲良が、左に腰をおろすので思わずのけぞってしまう。

「あ、ごめん。パソコン、一緒に見ないといけないから」

そうだよね、と口が動いてくれず、カクカクとうなずくことしかできない。

咲良が右手でマウスを操ると、写真のフォルダが表示された。

駅前の人波や喫茶店のランチ、空の青。たくさんの写真が保存されている。

「春哉くんに会ってから、ブログの更新をするのは中止してるの。ちゃんと写真を選んでもらってからのほうがいいと思って」

マウスを操作するたびに彼女の黒髪がわずかに躍る。当たらないように体を避けながらうなずく。

「お願いします」

貢物のごとく両手で差し出されたマウスを受け取ると、彼女の温度がまだ残っている。邪な考えを捨てよ、と自分に命令した。

しかし、写真はどれも地元感あふれるものばかり。これでは行動範囲を教えているようなものだ。

「前のブログはもう閉鎖したんだよね？　ストーカーのコメントももう見られないの？」

「それ、警察の人にも散々言われた。『証拠がないと調べようがないでしょう』って。前も友達がストーカーに遭ったとき同じ対応だったんだよ。あの人たちってちっとも親切じゃないから嫌い」

ぷうと膨れる咲良は、やっぱりどこか変わっている。苦笑しながら、写真の一覧のなかに新しくフォルダを作った。名前を『使用不可』とした。

そのなかに、場所を特定されそうな写真を次々にスクロールさせ放りこんでいく。

「え、それもダメなの？　ブログはダメでも詩集には使いたいんだけどな」

「ここから近すぎる。行く機会の少ない店ならいいけど、そうじゃないでしょう？　詩集に使うなら、トリミングして背景を少し消せばいいよ」

「はい、先生」

冗談なのか本気なのかわからない返事をする咲良は、僕が写真をクリックするたびに驚いたり、困った顔をしたり表情がコロコロ変わっている。

使える写真のほうが少ないことに途中から気づいたけれど、最後までやり遂げた。

「ここに残した写真なら大丈夫だと思う。カメラ、見せてくれる？」

「あ、うん」

テレビの横に置いてあるカメラをもらい、メニュー画面を表示させた。

「ここに『背景ぼかし』のボタンがあるよね」

「んー、どれ？」

画面に顔を近づけた咲良の髪が、ふわりと肩に触れたとき、たしかに胸が大きく跳ねた。

「これを押すと、背景がぼけるんだよ」

息を止めて説明すると、ふんふんと咲良はうなずく。

よくわかっていない様子だったので、カメラを構えてキッチンのほうへ向けた。ピントを手前にあるカウンターの上に置かれたサボテンに合わせる。

そうしている間にも自分の顔の温度があがっていることがわかった。

気づかれないようにしないと……。

「見て。サボテンの向こう側がぼやけているでしょ」

「ほんとだ！　え、すごい。これなら場所がわかりにくくなるね」

大きな瞳で僕を見てくるので、軽くうなずいて彼女の視線を「ほら」とカメラに戻させた。

「ここのボタンでぼかしの強さを調整できるから。できればいちばん強いぼかしに設定したほうがいい」

「やってみたい」

構えている腕の間に頭を入れようとするので、慌ててカメラを渡した。いくらなんでも無防備すぎる。

膝の上の花が耐えきれず逃げ出すのをうらやましく見送った。

「なるほどねー。これなら相手にもどこで写真を撮ったのかがバレにくいよね」

「でも、解析する方法がないわけではないから、気をつけて」

「うん。ありがとう」

はにかむ咲良から目を逸らし、

「ブログ見せてくれる？」

と画面を指さした。もちろん体を少しうしろにずらして。

「春哉くんのアドバイスどおり、ブログのタイトル変えたんだよ」

インターネットのブックマークからひとつを選ぶ咲良。

画面には、さっきまで膝にいた花の写真が載っている。タイトルは『うたたね花ちゃんねる』。どこかで聞いたことのあるタイトルだし、そもそも前の『花ちゃん探索記』とあまり変化がない。

「どうしても花ちゃんの名前を入れたいの？」

「ダメかな？」

上目遣いで僕を見る咲良から秒で視線を逸らす。あまりにも距離が近すぎる。

「あ、いいんじゃないかな」

「嘘だ。全然、よくないって顔してるもの。ね？」

花の頭をなでながら咲良はがっかりした声で言ってから、なにか思いついたように顔をあげた。長い髪の毛がふわりと揺れ、甘い香りがする。

「ストーカーには、私に恋人がいることを伝えているから、それとなく写真で匂わせるってのはどうかな？」

すごく良いアイデアのように目を輝かせる咲良に、僕は「いや」と首を横に振った。

「そんなことしたら余計に逆上してしまうかもしれない。ストーカーに常識は通用しないから、きっと裏切られたと思うだろうし、なにをされるかわからないよ」

ああいう人は、自分の都合のよいように真実をぐにゃりとねじ曲げるものだから、と続きは胸の内でつぶやく。

「そっか」

シュンとした咲良が軽くうなずいた。

「やっぱりダメだよね。それに、春哉くんの彼女さんにも怒られちゃうだろうし」

「え、そんな人いないよ？」

僕よりも驚いた顔をする咲良。どこかでそんな話をしたっけ……？

「こういう予想、外れたことないんだけどな。てっきり彼女さんがいるのかと思ってた」

「どうしてそう思うの？」

「イケメンでやさしいんだもん。周りの女子は放っておかないだろうな、って」

「そんなこと言われたことがない」

一瞬で熱を持つ頬がバレないよう顔をしかめてみせた。

「それに」と、咲良は顔を近づけてくる。

「恋をしている人の目をしているから」

まるで不意打ちの攻撃をくらった気分。ずん、と鉛のような重さがお腹のなかに落ちた。なんでもないように少し笑いながら画面に目を戻した。

「恋なんてしてないよ。元々こういう目だし」

「いつも誰かのことを想っているような目だな、って感じてたの。違ってたならごめんね」

恥じるようにうつむく咲良を、またかわいいと思ってしまう自分がいる。

「私、いつもこうなんだ。勝手に思いついて突っ走って、変な想像までして……。ほんと、バカ」

「そんなことないよ」

こういうとき、ちゃんと相手をフォローできるコミュニケーションスキルがあればいいのに。話がうまい人をうらやんで、真似しようとして、それでも僕はいつも変われないままだ。

僕が恋をしている人の目をしているのなら、それは間違いだ。せめて、そのことだけはちゃんと訂正したいと思ったのは続く沈黙のせい。

「あの、さ」

乾いた声を紅茶で潤わせてから、パソコンに置いた目を動かさずに口を開く。

「たしかに昔、好きな人はいたよ。でも、恋人とはいえない関係だったんだ」

「そう、なんだ……」

「彼女とは距離が近すぎて、お互いに想い合っているのが手に取るようにわかっていたのに、それ以上近づくことができなかった。だから、片想いのままだった」

「……告白はしなかったの？」

問いに答えようとすれば、また頭痛が存在感を示してくる。彼女との封印した記憶を呼び覚ますのは、やめたんだ。

「それは秘密。だけど、関係を壊すことが怖かったのはたしかだよ。きっと、彼女もそうだったと思う。近づいたり離れたりしながら、でも交わることはお互い意識して避けていた。つまり、できそこないの恋だったんだ」

ふう、と息を吐いてから咲良を見ると瞳に涙を浮かべていたから驚く。なんだか咲良と出会ってからの僕は驚いてばかりだ。

「どうして咲良が泣くの？」

「あ、ほんとだ」

目じりを拭ってから咲良は照れたように笑った。

「切ない恋をしていたんだな、って思ったら泣けてきちゃった」

参った。そんなことを言われたら僕の気持ちの彼女へ傾く角度がさらに大きくなってしまう。

「彼女さんとは……その女性とは、その後はどうなったの？」

「ああ、そのあたりの記憶があいまいだけど、たぶんフラれたんだと思う。もう会ってないよ」

　また悲しい目になりそうで「でも」と僕は続けた。

「引きずっているとかじゃないんだ。過去は過去のこととして、ちゃんと前を向いて歩いているよ。新しい恋をしたいって気持ちもあるけど、今はそういう人がいないだけ」

　絵理花との日々は、感情の波に襲われてばかりだった。好きだからこそ苦しくて、想いを口にしたくてもできなくて。

　今はそのことをちゃんと思い出にできている。あの店で咲良に会ったから、記憶がよみがえって少し感傷的になっていただけ。咲良はそんな僕の感傷に気づき、恋人がいると勘違いしたのかもしれない。

　目をやると、咲良はじっとうつむいたままだった。怒っているように口をへの字にしている。なにかまずいこと言ったのかな……。

それから僕たちはしばらく黙って、花の鳴らす喉の音だけを聞いていた。

そろそろ帰ろうか、とパソコンの画面を落としたときだった。

「だめかな?」

聞こえるか聞こえないかわからないような声で咲良が言った。静かに顔をあげて僕を見る瞳が美しかった。

咲良はすうと息を吸って、吐く。そしてこう言ったんだ。

「私じゃ、彼女の代わりになれないかな?」

と。

第三章　君は笑いながら、泣いた

今年は暖冬と言われていて秋も暖かい陽気が続いていたが、十二月に入ったとたん、季節は一気に冬になった。

職場では年末進行と呼ばれる前倒しのスケジュールに追われ、すっかり年末ムードが支配している。

パソコンの電源を落とし、会社を出るころには深夜近かった。町はまだ年末には早い、とクリスマスカラーに彩られている。

木々に飾られた電飾を見ることもなく、帰り道を急ぎながら頭のなかで今後の予定を考える。このぶんじゃ、今週末は休日出勤になるだろうな。

咲良とはあれから半月、電話やメールのやり取りを続けている。ブログはアドバイスどおりに写真の掲載は場所がわからないものに変わり、過去の写真もぼかしを入れたりして修正しているようだ。

先週はついに遠征したらしく、『お散歩』というタイトルで見知らぬ街角の写真が載っていた。

信号待ちの間にスマホを確認すると、咲良からメールが届いていた。名前の文字を見ただけでドキッと胸が高鳴ってしまう。

それはあの日、彼女が言った『私じゃ、彼女の代わりになれないかな？』の言葉のせい。

深い意味はなかったんだ、と言い聞かせても脳が納得してくれない。あれから何度リフレインしただろう。

無様にうろたえる僕に咲良はあのとき『ごめん、気にしないで』、そう言った。そしてなんでもないように玄関まで見送ってくれたのに、僕は逃げるように帰ってしまった。

苦い、苦すぎる記憶だ。

咲良からのメールには明日アップする予定のブログの下書きへのリンク先が載っていた。確認してから『問題なし』と返事する。

あからさまにそっけない内容にしてしまうのは僕の弱さのせい。

もう一度誰かと恋をしたい、と思っていてもいざとなるとそんな勇気が出なかった。仕事の忙しさを理由に、彼女に会いにいくこともしなくなっていた。

もしも咲良とつき合えたなら、幸せな日々が訪れるだろう。けれど、恋というものはいつか死んでしまう。

片方の想いが冷めたり、そうでなくても死が訪れたり、いつか絆はふたつに裂かれてしまうものだから。

深入りする前に避ける選択をする僕は、やっぱりもう恋はできないんだろうな。想いはあっても気づかないフリでやり過ごしていきたい……やり過ごしていこう、やり過ごせるはず。

ため息は白く、夜の街にふわりと溶けて消えていく。

アパートが見えてくるころには外灯は少なく、クリスマスも年末も感じさせない日常の夜の景色になっていた。

自分の部屋が目に入ると同時に僕は足を止めた。それは、部屋の前に立っている人影があったから。

気づいたのだろう、その人はゆっくり階段を、あえてカンカンと音をさせながらおりてくる。近づくと、スーツ姿の男性だとわかった。

階段の途中で足を止めた男を観察する。

住人という感じではない。誰だろう……。

身長が高くガタイがいい男だということはわかる。アパートの照明をケチっている大家に文句を言いたくなったのははじめてだ。

「んだよ」

不満げに男は言った。たった三文字の言葉でも、低く威圧するような声に思えた。

意を決して近づくとようやく慣れた視界に、うっすらと男の顔が見えた。月も出ていないのに鋭く光る目、太い眉、短い髪。口元にうっすら笑みを浮かべている。

「誰、ですか?」

いつでも大声を出してやる、と構える僕を見おろしたまま、男は鼻から息を軽く吐いた。

「お前には関係ない」

「……そこで、なにをしていたんですか?」

あとずさりしたくなる足を必死で止めて尋ねると、男は僕の部屋を見やってから肩をすくめた。

「どうやらミスったようだ。とっくに寝てると思ってた」

「え……」

余裕を見せるように階段をゆっくりおりてきた男の顔には、もう笑みは浮かんでいなかった。

「冬野咲良に関わるな」

一瞬意味がわからずフリーズしてしまった。

「悪いことは言わない。手を引け」

そう言うと靴音を響かせ男は去っていく。ようやく呪縛が解け思考が堰を切るようにぐるぐる回り出す。こいつが……もしかしてストーカー?

「待って!」

怖さよりも、使命感にも似た感情に突き動かされる。

こちらが声を出すと、男は背を向けたまま立ち止まった。

「そ、そっちこそ……。咲良につきまとわないで。彼女、困ってるから」

刺激してはダメだと感じながらも、なんとかそう伝えた。こっちを向かない男がどんな表情をしているのかわからない。いや、こんな暗闇じゃ振り向いてもわからないだろう。

「咲良はただブログをやっているだけだから。そう……彼氏だっているし」

「へえ」

おもしろそうに答える男が、やっと顔だけこっちに向けた。

「お前がその彼氏になろうって魂胆か」

「……違う」

「弱い男に女は守れない。鈴木春哉、お前には無理だ」

僕の名前まで調べあげている……。やはりコイツがストーカーだ。

確信を深めた僕に不思議と怖さはもうなかった。咲良に危害を与えないために、この男を止めないと。

そばに寄ると、さっきの印象よりもさらに身長が高い。見あげるような格好になりつつも腹に力を入れた。

「僕は咲良の恋人なんかじゃない。そんなふうになるつもりもない。ただ、困っている人を見過ごせないだけ」

一瞬、男の顔が歪んだように見えた。意外な言葉を耳にして驚いているようにすら感じる。

けれど、男は「は」と今度は一文字で答えた。

「都合のいいヤツだな。俺はそういう男がいちばん嫌いだ」

「な……」

ぐいと顔を覗きこんできた男の顔がやっとはっきりと見える。厳つい顔で、タバコの臭いが鼻につく。

同時に、あれ、と違和感を覚える。先日、地下道で見かけたストーカーらしき男は長い茶髪で、こんなに短髪じゃなかったはず。

気づくと僕は足元に視線を落としていた。なぜだろう、自分がひどく間違ったことを言ったような気がしてくる。罪悪感にも似た感情だった。

「残念ながら俺はストーカーじゃない。ただ、お前に忠告しに来ただけだ」

「忠告？」

「もしもお前がストーカーだったらどうする？」

「え？　僕は……ストーカーなんかじゃない」

男は鼻で笑うと背を向けた。

「たとえば、の話だ。ブログが閉鎖され、新しいブログにはコメント機能もない。だとしたら、ストーカーはどうやって咲良に気持ちを伝えるのか。本気で守りたいなら、先回りして考えろ」

気づくと男の姿は夜の闇に溶けていた。足音がアスファルトに響き、小さくなっていく。

音が聞こえなくなると、そこには静かな冬の夜があるだけだった。

肴町にある喫茶店には、ほかに客の姿はなかった。

そもそも夜の繁華街として認知されている場所だし、平日の昼間に来る人も少ないだろう。

「有給まで取ってくれたなんてうれしい」

ココアを飲んでからはにかむ咲良に、僕は「うん」とうなずいた。さっきから咲良はずっとしゃべり続けている。

本当は珈琲が苦手だけれど挑戦していることや、ココアの味にうるさいこと、ブログの登録者が増えていることなどを、次々に話していく。

久しぶりに会えてうれしい気持ちがある一方、これからその笑顔を消すことになると思うと感情が不安定になってしまう。

ようやく落ち着いた咲良が「あれ」と口を閉ざした。やっと僕の低めのテンションに気づいてくれたみたい。

結局、昨日は浅い眠りを繰り返しただけだった。あの男の言った意味がわかったのが四時半。それからは一睡もできず、スマホで検索しまくり、朝、会社に風邪を引いたとメールし有給を取った。

スマホを取り出し、咲良の前に置く。ごまかすよりも一気に言ってしまったほうがいいだろう。

「実は、昨日の夜、知らない男が僕のアパートに来たんだ」

「え……？」

顔色が変わった咲良が戸惑いを口にした。

昨夜の出来事を話す僕に、咲良の顔が徐々にこわばっていく。それでもちゃんと伝えないと、と思った。

話し終えると同時に、スマホの画面を表示させる。

『ハナちゃんファンクラブ』と記されたサイト名を見たとたん、咲良はカチャンとカップをソーサーに落とした。

「これって……」

軽くうなずいて、画面をスクロールさせた。花が窓辺で寝ている写真が載っている。

咲良のブログからの無断転載だろう。

「男が言った言葉がずっと気になってたんだ。ブログに参加できなかったとしても、きっとどこかで気持ちを伝えたいはずだって。それで気になって調べたら、これが見つかったんだよ」

シンプルな手作りのサイトに、『ハナちゃんファンクラブ』と丸文字で書かれている。スクロールさせると、『日記』と記されたアイコンがある。

「これ……私のブログ？」

「違うんだ。このサイトを作ったストーカーの日記みたい。あの……見たくなかったら僕が内容を説明するから」

じっと画面を見ていた咲良がハッとしたように顔をあげた。しばらく迷ったように黙ってから、

「大丈夫。ちゃんと、見る」

自分に言い聞かせるように口にした。

咲良が『日記』のボタンを人差し指で触ると、真っ黒い画面に切り替わった。

なんのデザインもなく、そこにはただ日記が白文字で浮かびあがる。

まるで絶望を響かせるように、その日記は咲良への想いを叫んでいた。

❄

11月1日
混沌とした毎日が昔も今も続いている。
永遠に明けない夜のように、俺の未来も同じ色なのだろう。
そんなとき、ふと見つけたサイト。
かわいらしいハナというネコに癒され、時折写る君の姿に心を奪われた。

最初は暗い夜に浮かぶ三日月のような存在だった。
月は膨らみ満月になり、やがて太陽へと変わった。
君を想うほどに心に晴れ間が射し、光は生きていく力に変わる。
けれど君はブログを消去してしまった。
『応援している』と伝えた俺に喜んでくれた君は嘘だったのだろうか。

11月15日
君はやさしい人。
俺の想いを綴ったメールに、『恋人がいる』と奥ゆかしい返事をくれた。
『会いたい』と伝えても断られたけれど、それでいい。
君は誰にでも会うような人間ではないと思うから。
やっぱり君は俺の理想の人だったんだ。
きっと君も同じ気持ちだよね。

12月1日
君は俺のことをどう思っているの？
つい書きこんでしまったコメントのことを怒っているの？
あれは君への想いがあふれたときについ書いてしまったことなんだ。
いい加減怒るのはやめて、俺の下へおいで。
俺が君を守るから。
それは俺にしかできないことだから。
俺がすべきことなのだから。

❄

店内のＢＧＭが急に大きくなった気がした。

咲良も同じように感じたのか、体をぶるっと震わせて僕を見た。

「これ……私のこと、なの？」

「たぶん」

そう言う僕に咲良は画面をさらにスクロールさせた。日記はそこまでで、下部に

『うたた花ちゃんねる』の文字があり、そこから咲良のブログへ飛べるようになっているらしい。

理解できていないのかどこかぼんやりとしている咲良にいたたまれなくなる。

「咲良、聞いてほしい。これは君のせいなんかじゃない」

「え?」

ゆっくりと焦点が合うのを確認して僕は続けた。

「ストーカーは、君のブログやコメントを自分勝手に脳内で変換しているだけ。咲良は悪いことなんてしていないってことはちゃんと覚えておいて」

なんて卑劣な男なんだろう。今改めて見ても怒りでテーブルに置いた手が震えてしまう。

「春哉くんが昨日会った男の人がストーカーってこと?」

それは眠れない時間に何度も考えた。

「まだわからない。この前、咲良を追っていた人と外見は違うように見えたし、むしろヒントまでくれた。でも、怪しいのは確かなんだ」

ストーカーがふたりいるかも、という想像は現実的ではないし、そんなことを口にするともっとおびえさせてしまうだろう。

「卑劣すぎるよ。僕は絶対に許せない」

戸惑った表情を浮かべている咲良は、なにか言いかけて口を閉じ、耐えきれないようにうつむいてしまった。君をこんな顔にしたくない。

「もっと調べてみるから、咲良も十分に気を付けて」

「心配……してくれるの？」

なぜそんなことを聞くのだろう？　混乱している様子の咲良が、ハッと目を開き僕を見た。

「あ、違うの。ごめん……こんなにいろいろしてくれているのに、ごめんなさい」

相当参っているのかもしれない。このサイトを見せたのは時期尚早だった、と今更悔やむ。

画面を閉じようと伸ばす指をむんずとつかまれた。

「待って。私は大丈夫だから」

「大丈夫じゃないよ。あとは僕が調べるから」

「ううん、ちゃんと知りたい。じゃないと、このあときっと不安でたまらなくなっちゃうから」

キュッと頬を硬くして咲良は言った。握られた指先から伝わる温度は、暖房の効いている店内にいるとは思えないほど低かった。

どうしようか、と迷いながら画面に浮かぶ文字をクリックした。

「リンク先がエラーになっているみたいで、表示されないんだ」

画面にはエラー番号が表示される。

「それって……どういうこと？」

少し落ち着いてきたらしい咲良が僕を見る瞳が潤んでいる。

「不思議なんだ。メルアドまで調べられるストーカーなのに、サイトはひどく簡素だし、リンク先も間違っている。どうもしっくりこないんだよね」

正直に感想を言ってから、あの無粋な男を思い出す。体育会系を絵に描いたようなあいつならありえる。

「私はこれからどうすればいい？」

「もう一度警察に行こう」

そうするしかない、と思った。けれど咲良は迷ったように冷めたココアに視線を移す。

「相談しに行ったときに言われたの。なにか決定的なことがないと動けない、って。今の状況だと、無理なんじゃないかな……。私の名前も出てきてないし」

「現状報告だけでもいい。これでストーカーの暴走が収まるとは考えられないし、僕だって念のために昨夜の男について証言するから」

「その人がストーカーだっていう証拠はあるの？」

期待するような表情に思わず口ごもる。たしかにあの地下通路で見た男とは見た目があまりにも違った。

「それは……ない。でも、咲良になにかあってからじゃ遅いから」

なんだっていい。咲良を守るためにできることはしたかった。

すると、咲良はなぜか薄くほほ笑んだ。自分でも違和感に気づいたのか「違うの」と小さく顔の前で手を横に振った。

「春哉くんが心配してくれているのがうれしくて……」

「そんなの当たり前のことだよ」

語尾が小さくなっているのは自分でもわかっている。

「でも、私……前に変なこと言っちゃったでしょう？　思わず言ってしまったことなの。本当に反省してる」

「そんな……いいよ、もう」

ふふ、と笑みをこぼした咲良が「おかしいね」と髪を耳にかけた。

「こんな怖い状況なのに、喜んでいるなんて。警察にもちゃんと行く。もしも、春哉くんの証言が必要ならまた電話するから」

立ちあがった咲良に、本当は送っていくと言いたかった。昼間とはいえストーカーがいたら危険だし、またあとをつけられたらと考えると不安しかない。

けれど、咲良はこれから親友と久しぶりに会うらしく笑みを残して行ってしまった。

ひとり残されたカフェで、ようやく大きく息を吐く。

咲良の好意を知っていてもうなずけない自分が情けない。

でも僕はもう一度、恋をすることができるのだろうか。

答えが見つからないまま外に出れば、冬の太陽が静かに町を照らしていた。


橘は話を聞き終えると、しばらくその太い腕を組んで宙を見あげた。椅子がギイギイ鳴っても気にする様子もなく、じっと天井あたりをにらんでいる。

昼休みに、橘に咲良とのことを話そうと思ったのは、ストーカーが開設したサイトから作成者を調べるためだった。僕よりもサーバーアクセスについては橘のほうが詳しいから。

もちろん、僕の過去の恋愛については伏せたし、咲良が僕に言った好意的な言葉も内緒だ。

「てことはさ」

やっと口にした橘がニッと笑った。

「やっと春哉も恋をしたってわけだ」

「そんな相談してないけど？」

慌てて橘の隣のデスクに目を向けるとその主である水野さんは、ランチに出かけているところらしくてホッとした。

「そういうことだろ？　じゃないと、見ず知らずの他人にそこまで関われねえよ」

結論づける橘に、はあとため息。相談しようと決めたときに、こういう予想をされることは覚悟していたけれど。

「好きとかの感情じゃないんだよ。ストーカー被害に遭っている人を見過ごすことはできない。それだけだよ」

「はいはい。でも、この問題が解決したらちゃんと考えろよ。春哉が幸せになることが俺の願いなんだからさ」

わかってる、というふうに肩をすくめると、ようやく橘はパソコンに向かってくれた。空いている水野さんの椅子を借りて座ると、例の『ハナちゃんファンクラブ』の画面が表示された。

「うわ、やべえ。こいつめっちゃヤバいやつじゃん」

記事を目で追いながら興奮する橘に「静かに」とたしなめてから、

「サイトの下までスクロールしてみて」

と、指さした。

「運営会社が表示されてないんだ。ドメインも見たことがないやつだし」

通常、ブログやホームページを作成する場合はレンタルサーバーを借りることが多い。誹謗中傷などの書きこみがあった場合は運営会社に削除依頼を出すのが一般的だ。

「そういえば、春哉も昔はこういう問題に詳しかっただろ？　なんで自分でやんねえの？」

「何年も前のことだよ。あのときは必要に迫られてやったけど、今のシステムはまったくわからない」

ネットのシステムは日々進化している。ソフトの開発に携わってからは、こういう問題については橘の専門分野ということになっている。

「こんなドメイン見たことがないな。どっかの国で作ったドメインを利用しているのかもな」

カタカタとキーボードを動かす橘が「あれ」と手の動きを止めた。

「なんだよこれ」

つぶやきながら画面を立ちあげたり切ったりしている。意味がわからずに見守っていると、橘が「くそ！」と周りに聞こえるくらいの大声を出した。

「落ち着いてよ」

「これが落ち着けるか。見ろよこれ、ＩＰスプーフィングだよ」

「ＩＰスプーフィング？」

イライラしているのか橘は舌打ちをして椅子に背を預けた。

「ドメインは同じでもＩＰアドレスが時間で変わってやがる。しかも、他人のＩＰアドレスになりすましてるんだ。これじゃあ調べようがない」

お手あげというように両手を挙げた橘に、疑問を覚えた。

「それにしてはサイトがあまりにも簡素だと思うけど」

「いや、よく考えられてる。画像や余計な情報は入れるほどに作成者がバレてしまう。それに、あくまで咲良って子へ向けたサイトなら、これでいい。あまり凝ったものを作ると、ほかの人にまで閲覧されるようになるだろうし」

憎々しげに画面をにらむ橘が、僕を見た。

「そうとう、パソコンに詳しいヤツだと思う。これじゃ『発信者情報開示請求』も無意味だな。砂漠の中でゴマを見つけるようなもんだ」

そこまで言ってから橘が「あ」と短く言った。

「この記事って今日アップされてるけど、見たか？」

「え、どれ？」

思わず立ちあがると同時にその文章が目に入った。

❄

12月15日
君のことならなんでも知っている。
好きなひとのことだから当たり前だよ。
たとえば、高校は静岡県にある星の海高校。
吹奏楽部での演奏を動画で見たよ。
サックスが担当楽器だなんて驚いた。
清楚で上品な君のイメージとはまるで違った、なんて俺の思い込みだね。

とてもすばらしい演奏だったし、集団のなかでも君の音だけは澄んでいたよ。
もうすぐクリスマスだね。
イヴの日には君にとっておきのプレゼントをあげるから。
遠慮なんかいらないよ。
君を想えば切なくて涙がこぼれる。
ああ、君を抱きしめたいのに抱きしめられない。
まるでオペラ座の怪人のファントムだ。
彼と同じように、君を守るためならなんだってやる。
今にも俺のなかにある感情が爆発してしまいそうだ。

❄

部屋のチャイムを押しながら、さっきから何度も咲良に電話をかけている。
会社を飛び出してからもうすぐ一時間だ。
急な早退に水野さんはいぶかしげにしていたけれど、橘がフォローしてくれた。
なのに、咲良が電話に出ないままマンションに着いてしまった。部屋にいるかと思ったけれど、何度チャイムを押しても出てくれないまま十分が過ぎた。

今日のブログの記事を見て確信した。ストーカーは日毎に暴走しだしている。

きっと好きになりすぎたせいで、自分をコントロールできなくなっているのだろう。

そのせいで好きな相手を傷つけているなんて思ってもいない。

嫌悪感が体中を支配している。

もしも咲良になにかあったとしたら……。

騒ぐ胸を押さえながらもう一度スマホを耳に当てるが、電源が入っていないらしくかからない。

冬だというのに額に浮かぶ汗をぬぐう。誰かがオートロックの玄関に現れるたびにハッとふり向いて、違う人だと絶望する。

電源が入っていないのはなぜだろう。まさか、ストーカーに……と、最悪のことばかりが頭に浮かぶ。

ふいに電話が鳴った。

咲良から⁉

通話ボタンを押すのももどかしいが、画面に表示されている名前は『橘』だった。

「もしもし」

「ああ、俺。どう、咲良さん見つかった？」

「それがどこにもいなくって……。そっちはどう？」

「こっちは順調。食あたりで病院ってことになってるから」

そう言ってから「でさ」と橘の声がくぐもった。

「あれから調べてるけど、どうもあのサイト、今は使われていないけれどまだ生きているIPアドレスを渡り歩くプログラムらしい。アクセスを試みてるけど、国家機密レベルってくらい厳重にブロックされてるわ」

小声なのは、隣にいる水野さんにバレないようにしているからだろう。

「なあ、春哉。すぐに警察に行ったほうがいい」

橘の進言に「でも」と答えていた。

「もちろんそのほうがいいと思うけど、下手に動いたら逆にストーカーが極端な行動に出ないかな」

「そんときは警察が守ってくれるだろ」

「そうだけど、追い詰められた人はなにをするかわからないし……」

なんで反論しているのか自分でもわからなかった。しばらく無音になったあと、橘の笑い声が聞こえた。

「なんか春哉のほうがストーカーの心理に詳しそうだな」

「こんなときに冗談やめてよ。でも、ありがとう」

少し気持ちが落ち着いたみたいだ。橘に相談してよかった。

通話を終えてとりあえずエントランスから外に出ると同時に、

「キャ」

という声がして、目の前に探していた咲良が立っていた。

「咲良……」

崩れ落ちそうになる体を壁に手をついて支え、なんとかその名前を呼ぶと彼女は目を丸くしたままほほ笑んだ。

「急にいるからびっくりしちゃった。どうかしたの？」

小さな体に大きすぎるリュックを背負った咲良に、安堵の息がこぼれた。

「よかった……。なにかあったかと思った」

「え？　なんで？」と言ってすぐに咲良はハッと目を開いた。

「そっか。スマホの電源切ったままだった。ごめんなさい、心配かけちゃったのね」

「いいよ。そんなの全然いい」

咲良が無事ならそれでいいんだ。

「あのね、今日も警察に行ってきたの。そのときにスマホの電源切っちゃってて――」

「警察に？　それで、なんて？」

食い気味に質問する僕に咲良は一瞬ぽかんとしてから、「あ、うん」と一枚の名刺を見せた。

【浜松中央警察署　生活安全課　課長　萩原琉生（はぎわらるい）】

「前に相談に行ったときは警察官が対応してくれたんだけど、今日はこの人が相談に乗ってくれたの。すごくいい人で、親身に話を聞いてくれたんだよ」

よほど安心したのだろう。にこやかにほほ笑むと、「それでね」と咲良は続けた。

「サイトのことも伝えた。これから、このあたりのパトロールもしてくれるんだって」

「そっか……。生活安全課が担当部署なんだ？」

「こういう犯罪がこのあたりで増えているんだって。徹底的に調べるって約束してくれたんだよ」

だとしたら、サイトも監視下に置かれるわけだ。警察が調べてくれるのなら、ストーカーの居場所も突き止められるかもしれない。

「そんなことより、春哉くんはどうしてここに？」

「あ、うん」

スマホを取り出し更新された日記を見せると、咲良は驚き、そして首を横に振った。

「ひどいね……。警察に相談しに行ってよかった」

「安心するのは早いよ。ストーカーが警察に相談したことを知ったらなにをするかわからないし。くれぐれも用心すること」

「あ、そうだよね……」

気弱にうなずく咲良に、また罪悪感が生まれた。せっかく安心していたのに、動揺させるようなことを言ってしまった。

いや……だけど、用心するに越したことはないだろう。

「ごめん。咲良になにかあってからじゃ遅いから……。僕は、ただ──」

「ありがとう」と、咲良はほほ笑んだ。

「高校時代の動画まで見つけるんだもん。春哉くんの言うとおり安心しないようにする」

「星の海高校にいたんだね」

日記に書かれた文字を指で示すと、

「あ、うん」

咲良はうなずく。

「そのまま物書き人になったの？」

「ううん。専門学校に行ったよ。そのときにやっぱり将来は詩を書いたりしたいって思ったんだ。だから、一度も正社員として勤めたことがないの」

「夢を追うのって大事だよ。咲良はまだ若いし」

「そんなことないよ。でも、詩集を出せたらそのあとはちゃんと将来のこと、考えようと思ってるの」

少しずつ声が明るくなっているのを感じる。

「吹奏楽部にいたのも本当のこと？」

「サックスを吹いてた。たぶん、卒業公演の動画がアップされてるから、それを見たんだろうね」

「へえ、聴いてみたいな」

「ありがとう」

急にお礼を言う咲良にきょとんとすると、咲良はハンカチを顔に当てて静かに泣きだした。

急な変化に驚いてしまい、どうしていいのかわからない。

「違うの。うれしくって……。こんなに心配してくれて、うれしい」

声に出さずに泣く咲良を、本当は抱きしめたい。でも、できない。開きかけた両手の指をぎゅっと握って耐える。

「とにかくこれからはひとりで出かけるのはやめたほうがいい。夜なら僕がつき合うから」

「うん、うん……」

やっと涙をぬぐった咲良が恥ずかしそうに顔を赤らめた。

「最近の私、泣いてばかりだね」

——そっか、とそのときになって僕は気づいた。

「春哉くんに助けてもらってよかった」

——違う。ずっと前からわかっていたのに見ないフリをしていたんだ。

「本当にありがとう」

——僕は、君のことを本気で好きになってしまったんだ。

第四章　暮れゆく季節で、僕らは

クリスマスイヴという特別な日のせいか、定時になるとスタッフが続々と帰っていく。

橘も、「ケーキを取りにいかないと」と早々に帰ってしまった。これから家族でパーティーなのだろう。

窓からの景色はすっかり暗くなっていて、恋人たちの時間がはじまる。

咲良とはあれから数回会った。会うたびに彼女への想いを再確認してはこらえることの繰り返し。それ以外にもメールで近況報告やブログの監修をしているけれど、会えない日のほうがもっと気持ちが募っていくみたいだった。

誰かをまた好きになれた自分を誇らしく思えるし、きっと咲良も同じ気持ちでいてくれている。それでも、一歩先へ踏み出すことが怖い。

手に入れれば、いつかは失う。絵理花とも、結局恋人にはならなかったけれど、失恋したようなものだし、その後の痛みは記憶がなくても身体に染みのように残っている。

『君を想えば切なくて涙がこぼれる。ああ、君を抱きしめたいのに抱きしめられない。』

『今にも俺のなかにある感情が爆発してしまいそうだ。』

あのストーカーが書いた文章が頭に浮かんだ。彼もまた恋をしているだけなんだ。少しだけ気持ちがわかるなんて、どうかしちゃってるな……。

だけど、それ以上の嫌悪感は当然ある。誰かを好きになることは罪ではない。たまたま見かけたブログの相手に恋することだってあるだろう。

でも、僕なら咲良を傷つけるような行動はしない。好きになった相手にはいつも笑っていてほしいし、幸せにしたい。相手のことを思えるのが本当の恋だと思うし、自分の気持ちばかりを押し付けるストーカーには同情なんてできない。

ストーカーの作ったサイトは、あれ以来更新されていない。念のためチェックをしてみると、やはりＩＰアドレスは変わっていたけれど内容は前に見たのと同じだった。

机に散らばった資料をまとめていると、

「あー疲れた」

水野さんがマグカップを手に戻ってきた。

「残業なんて珍しいですね」

「そうなのよ。あれほど年末進行のこと伝えていたのに、急に修正依頼が来るんだもん。ほんと嫌になっちゃう」

今日もバッチリ決めたメイクでパソコンに向かう水野さんが、すごい速さでキーボードを打ちはじめた。

僕もデスクトップにあるスケジューラーを起動させ、今年の予定を再度チェックする。土日は休めるし、月曜日は仕事納め。スケジュール的には順調で、月曜日はとくに急ぎの仕事もなかった。なんなら有給を取ってもいいくらいだ。

「今日はクリスマスイヴなのよね」

ふいに水野さんがそう言ったので、

「はい」

と答える。

「独身のころは楽しかったけれど、子供ができてからはすっかり主役は向こうだもの。サンタになんかなりたくなかったわ」

彼女らしい感想に思わず笑ってしまった。

「でも、すごく幸せそうに見えますよ」

「そうね。いろいろあったけれど、ちゃっかり収まるべきところに収まったって感じかしら」

まるで他人事のように言うと、水野さんが「ねえねえ」とデスクトップの向こうから顔を出した。これは、また噂話の予感だ。

「最近さ、橘くん変じゃない？」

「え、そうですか？」

「そうよ。なんか暗いっていうか悩んでいるっていうか。ご家庭でなにかあったのかしら？」

心配そうな口調とは裏腹に目が爛々と輝いている。

「いつもと変わりないように見えますけど」

忙しいフリで画面に目を戻すと、水野さんは「そう」と情報収集できなかった悔しさを隠して仕事に戻った。

そのときだった。ふいに、過去の記憶が顔を出したのだ。

あれは……そう、あのカフェだ。

『そっか。そうすればよかったんだね』と安心したような顔でスマホを触っているのは、絵理花だ。短く揃えられた前髪から覗く眉がキレイで、見とれないように目線を外す僕。

久しく思い出していなかった過去の記憶。

クリスマス前のカフェで、僕は満たされない想いを胸に絵理花と話をしていた。どんな話かは覚えていないけれど、僕の言葉に絵理花はうれしそうに笑っていたっけ。

遅れてこめかみのあたりに鈍い痛みが走った。頭痛も久しぶりだ。

「じゃあ、お先に。あたし、月曜日は有給だから」

水野さんの声につかみかけた記憶の紐を手放してしまう。

「お疲れ様でした」

「今年もありがとうございました。来年もよろしくお願いいたします」

仰々しく礼をする水野さん。こういう挨拶は苦手だけれど、形だけでも倣おうと立ちあがりお辞儀をした。

椅子に座れば、もう絵理花との記憶はどこにも見当たらなかった。それでいい、と思える自分がいる。

事故に遭い失ってしまった過去の記憶は、たまにふわりと蘇ることがあるけれど、もうちゃんと忘れてもいい気がする。恋をしないと決めていたこと自体が、過去にすがっている証拠だった。

咲良に出会えたことで、過去はやさしい記憶へと変わっていくだろう。今は、毎日のように咲良に会いたい気持ちでいっぱいだ。でも、それを行動に移すことはできない。

会えば好きな気持ちはさらに加速するだろう。理由をつけないと会えない関係がもどかしくて、反面そこに留まりたい気持ちもある。

ふいに胸ポケットに入れているスマホが振動をはじめた。画面に咲良の名前が表示されているのを見ると同時に、通話ボタンを押していた。

「もしもし」

「まだ仕事中だよね？」

「咲良？　どうかした？」

なんでもないように尋ねながら、気持ちが通じ合っていたようでうれしくなる。

「ごめんなさい。あの、ね、報告しなくちゃいけないって思って」

「報告？」

「今、パソコンでサイトを確認したの。そうしたら――」

さっき確認したばかりのサイトを表示させるがＩＰアドレスが変わっているらしくエラーになってしまう。検索画面でサイト名を打つとようやく表示される。

*

12月24日

子供のころはクリスマスが嫌いだった。

毎年イヴからしばらくの間、母親は新しい男と過ごすから。

年ごとに替わる男たちを憎んで、ひとり狭いアパートで母親の帰りを待っていた。

でも、君と知り合えた今年は違う。

俺から君へのプレゼント、気に入ってくれるかな。

君の住んでいるパール●●イトマンション、●●3号室の部屋の前に置いてきたからね。

❄

「これって……」

冷たいものが足元から這いあがってくる。

「すぐに行くから」

パソコンの電源を切ろうと手を伸ばすと、

「ううん、大丈夫」

咲良がすぐにそう言った。

「大丈夫じゃない。マンション名まで晒されて、こんなにエスカレートしているなんて、危険すぎるし――」

「大丈夫なの」

宙に浮かんだままの右手をキーボードの上に落とす。そういえば、電話をかけてきたときに覚えた違和感は、怯えた声ではなかったことだった。

むしろ、どこかぼんやりとした、心ここにあらずといったような声。

「春哉くんのアドバイスどおり萩原さんにすぐに電話したの」

「萩原さん？　ああ、中央署の人？」

「そう。すぐにネット犯罪課？　みたいなところに連絡入れてくれるって。今回の場合、個人情報がすべて流出したとは言えないけれど、記事の削除は強制的にしてくれるみたい」

「そう……」

警察に伝えてあるから安心して報告してくれているってことか。ホッとすると同時に苦いものが口のなかに広がる気がした。

自分から警察を勧めておいて、一番に相談してくれなかったことにモヤモヤするなんておかしすぎる。

咲良が安全ならそれでいいんだ、と背筋を伸ばした。

画面をリロードすると、さっきの記事はもう消えていた。

「消えたね。で、警察の人……萩原さんはなんて？」

「このサイトを監視下に置いて、運営会社を特定するための手続きをするって。だから安心しててていいみたい」

果たしてそうだろうか。僕がストーカーなら、そんなことをされたら裏切られた気分にならないだろうか。

が、口にしてはきっと彼女をまた不安に陥れるだろうから言わない。

「プレゼントってなにが贈られてきたの？」

「それがわからないの。なかには入れなかったみたいで、オートロックの入口のところにある郵便受けの上に置いてあったらしいんだけど、萩原さんが持っていっちゃったから」

「それならよかった。とにかく無事でホッとしたよ。本当に行かなくても大丈夫？」

やはり心配になり尋ねてしまう。けれど、咲良はさっきよりも柔らかく「大丈夫だよ」と答えた。

「もう夜になるし、どこにも行かないから。それより明日って出勤かな？」

「明日は休みだよ」

「昼間、買い物に行きたいの。落ち着くまでは籠城しようと思ってて」

「護衛します」

すかさず宣言する僕の耳にようやく彼女の笑い声が届いた。丸くて柔らかい声に胸が締めつけられる。

もしかしたら、近いうちに告白をしてしまうかもしれない。それもいいかもしれない。過去から逃れた僕がようやくできた恋に臆病になる必要なんてないんだ。そんな自信のようなものが胸に、心に生まれている。

「はい、どうぞ」

差し出されたミネラルウォーターのペットボトルを受け取ると、咲良は隣のベンチにひょいと腰をおろした。

「暑そうだから冷たいものがいいかな、って」

「ありがとう」

セーターにジーンズ姿の咲良から目を逸らし、あたりを観察する。怪しげな人は見当たらない。

「無理させちゃってごめんね」

今朝は早くに駅で待ち合わせをし、まずはホームセンターへ行き、組み立て式の棚を二個購入した。あまりの重さにすっかり体力を奪われ、咲良の部屋で組み立てることでさらにHPを奪われた。棚はこれから買う食料や水を置くために使うそうだ。

今はスーパーの前にあるベンチにふたりで腰をおろして買い物前に休憩している。クリスマスデートになにか進展があるかも、と期待したけれど、ただの買いだめ作戦の協力者ってところだ。

咲良は行動的な性格らしく、隣で棚に入れるもののリストを編集している。ボールペンを手に、たまに宙を見て考えこむ姿もまた美しかった。

「僕が車を持っていればいいんだけどね」

それなら、ホームセンターもスーパーも一回で行けたのに。

「免許は持っているんだよね？」

「うん」

と答えて水を飲むと疲れた体に気持ちいい。

「一応更新だけはしてる。事故に遭ってからは車に乗るのが怖くってさ。情けないよね」

「そんなにひどい事故だったの？」

心配そうな声に胸が温かくなる。誰かを想い、想われるのって幸せなんだな。ずっと忘れていた気持ちだった。

「あまり覚えてないんだよね。頭をひどく打ったみたいで、事故前後のことは思い出せないんだ」

「前後の……？　それってどのくらいの期間のこと？」

「えっと、まあ数年単位かな。人の名前とかは覚えているけれど、なにをしたとかはおぼろげなんだ。仕事でも『前とは人が変わったみたい』って言われてる。事故の前は結構バリバリ仕事してたみたいだけど、今はサボリーマン」

冗談めかして言ったのに、咲良は眉間にシワを寄せ体を硬くした。

「犯人も捕まってないんだよね？　それってひどい」

自分のことのように憤慨する横顔に、また胸が跳ねた。君が好きだ、と言いたい。

「……犯人のこと、なんにも覚えていないの？」

「ああ」と薄い色の空を見あげた。

「たまに思い出せそうになるんだよ。倒れている僕を確認するようにしゃがみこむ影は覚えている。けど、それが犯人かどうかも、男だったか女だったかすらわからない」

「それが犯人?」

「うーん、どうだろう。ひょっとしたら助けてくれた人なのかも。なにか言っていたような気がするけど――」

雨の音のなか、誰かが僕を見おろしている。

「知ってる人かどうかもわからないの? 前に会ったことがある人とか、そういうことも覚えてない?」

「うーん。でも、変な話だけど、事故に遭う前くらいから誰かの視線を感じるとか、おかしなメールが来ることはあったかな」

しゃべりながら思い出している感じだった。あの夜に来たメールは、仕事の急な依頼だった。至急打ち合わせをしてほしい、と書かれていたので雨のなか出かけたような……。

そこまで考えたが、あまりのこめかみの痛さに、いったん思い出すのをやめることにした。

「まあ、そんな感じなんだ。この話はおしまい」

にこやかに告げる僕に、横顔の咲良はなにか考えこむように顎に手を当てている。

急な様子の変化に戸惑う僕に、咲良は言いにくそうに口を開いた。

「ひょっとしてだけど、春哉くんにもストーカーがいたんじゃない？」

「え、まさか」

咲良は真剣な様子で「そうだよ」と自分で納得するように首を縦に振った。

「事故って、偶然その場所に行ったんじゃないんでしょう？　だとしたらストーカーに呼び出されたってこともありえると思う」

「僕にストーカーなんてありえないよ」

あのころはもう絵理花とも会わなくなっていたし、怠惰のなかで生きていた。なんの魅力もない僕にストーカーさえいたわけがない。

が、納得できないのか、

「そうかなあ」

と、咲良は不満げに唇を尖らせた。

そういう仕草がやけにかわいい。自分のことで手一杯のはずなのに、僕のことを心配してくれる咲良への気持ちはもう抑えるのも限界だ。

好きだ、の気持ちが今にも口からこぼれそうなほど、咲良のことで頭がいっぱいになっている。不快感じゃなく、むしろ誰かをまた好きになれたことがうれしかった。

「じゃあそろそろ買い物に行こう。あとは食料だよね」

暗い話題はやめよう、と立ちあがる。

「山ほど買うから覚悟してね」

ふふ、と笑って咲良はいつものリュックのなかからエコバッグを三つ取り出して見せてきた。普段から運動をしていないせいで体がもうだいぶ重い。

これを機会にもう一度車に乗るのもいいかもしれないななんて考えた。

スーパーに入るとすぐにクリスマスソングが耳に届いた。レジ近くでは特設の売場ができ、クリスマスケーキをアルバイトと思われる店員たちがさばいている。

土曜日の昼過ぎ、混んでいる店内をすり抜けて咲良が最初に向かったのはカップ麺のコーナーだ。

「籠城にはやっぱりこれだよね」

鼻歌交じりにポイポイとカゴに入れていく咲良。こんな状況なのにどこか楽しんでいるような彼女を見ていると、心が休まるのを感じる。

こういうデートもいいな、と思った。

告白するならいつがいいだろう。そんなことを考えているときだった。

ふと、出口のあたりに立つひとりの男が目に入った。

茶髪で髪が長い男性は、黒いスーツを着ている。口元にはヒゲが生えているようにも見えた。すぐに気づく。前に咲良を追っていたホスト風の男だ。

咲良は気づかずに今度はお茶のペットボトルを選んでいる。男の視線が、咲良の動きに合わせて揺れている。ゾワッと全身の毛が逆立つような気がした。

「あいつが……」

こぼれた声が聞こえたわけもないのに、男はサッと身を翻し、店を出ていった。

「ちょっとここにいて」

「え？」

きょとんとする咲良に、

「絶対にここから動かないで。すぐに戻るから」

と告げ走り出す。人をかきわけ店の出口から出ると、奥にある駐輪場でバイクにまたがる男の姿が目に入った。長い茶髪はさっきの男で間違いない。

ストーカーが咲良の前に現れたんだ。

エンジンがかけられた。駆け出す僕を一瞬振り返ってから、バイクは勢いよく走り出した。

「待て！」

声をあげて走るけれど、バイクは止まることなく通りへと走り去っていった。なんとかナンバーを確認しようとするけれど、ひとつの数字もわからないままバイクは大通りを左に折れ、ほかの車に紛れてしまう。

間違いない、あいつがストーカーだ……。アパートの前で会った男と体格は似ている気がしたけれど今日は髪形がまるで違った。やはりつけられていたんだ……。

スマホを出し、ストーカーの作ったサイトを呼び出した。が、表示はエラー。検索画面に戻っても、もうあのサイトはどこにもなかった。

……きっと警察の介入に気づいたストーカーが、サイトごと消したんだ。

正直、今回の警察の対応には疑問を持っている。ストーカーというものは、自分の想いが届かないことで恨みを募らせるもの。咲良が拒否したことがわかればどんな行動に出るかわからない。

店内へ戻ると咲良は言われたとおりその場で立ち尽くしていた。

「なにか……あったの？」

――大丈夫、君のことは僕が守るから。

「なんでもないよ。ちょっとケーキを見てきただけ」

「なんだあ、ビックリさせないでよね」

——君を不安にさせるものからかばいたい。

「てかすごい量だね」

山盛りになっているカゴを指さすと、咲良は恥ずかしそうに笑った。

「食べきれなかったら協力してね」

そんなことを言う君は天使なのか悪魔なのか。

僕の気持ちを揺さぶっていることにまったく気づいていない。

帰り道にした約束は三つ。

①ひとりで外出しない

②訪問客が来てもドアを開けない（宅配便なども）

③郵便物は僕が取りに来て渡す

咲良は少し大げさだと感じているようだけれど、これくらいしないと心配だ。

「それにしても少し買いすぎちゃったね」

咲良の手にもエコバッグがふたつ。僕なんて四つ持っている。結局、持参したエコバッグだけじゃ足りずに、有料のレジ袋も購入した。

重たいものを担当し、指先が変色するほどに食いこんでくるバッグを持ち直し、エントランスに入ると同時に素早くあたりを見回す。誰の姿もない。

「郵便取りにいってくるね」

歩きだす咲良に「待って」と呼び止める。

「今約束したばっかじゃん」

「防犯カメラもあるし大丈夫だよ」

「そういうのが危ないんだよ。よくあるストーカー事件では、犯人はカメラに映ろうが映るまいが関係ない。それくらい必死で衝動的に行動を起こすんだから」

郵便受けに通じる自動ドアの前に立つと、ちょうどなかから学生らしき女子が出てきたところだった。短い悲鳴をあげる咲良をいぶかしげに見ながら女子は自動ドアの向こうに消えた。

ほらね、と振り向くと咲良はひとつうなずいてからなかへ入っていく。

待っている間荷物をおろし、指先を閉じたり広げたりしてみた。この荷物を部屋に運べば今日はおしまい。

告白をしようという気持ちは不思議と消えていた。

自分の感情を満たす前に、まずは咲良の安全を確保することに努めたいと思ったから。好きな人とふたりで買い物ができただけでもよしとしよう。

ふらりと咲良が戻ってくるのに気づいた。その表情がぼんやりしている。僕のことなど忘れたように、置いた荷物もそのままにエレベーターへと通じる自動ドアへ向かっていく。

「どうしたの。ねえ、咲良」

その手をつかむと、

「やめて！」

悲鳴のような声をあげて咲良は僕の手を振り払った。突然の拒絶に驚く僕に、咲良はハッとしたように体を小さくした。

「あ、ごめんなさい……。ごめんなさい」

青い顔で謝る咲良の手に握られているのは、赤い封筒だった。

「それ見せてくれる？」

嫌な予感を覚えながら手紙を受け取る。サンタとトナカイがデザインされた赤い封筒には、宛名も差出人も記載がなかった。なかを開くとさっきよりも薄い赤色の便せんが入っていた。

「読んでもいい？」

尋ねる僕に咲良は、声にはせずこくりとうなずいた。

恐る恐る開くと、パソコンで打ったと思われる文字が並んでいる。

❄

母親は俺を『ダメなヤツ』だとことあるごとに罵った。
ぶたれたり食事をもらえないことも多かった。
大人になり家を出たことに後悔はない。
でも、心に負った傷は消えず、ことあるごとに古傷をえぐり続けた。
もう一生、真っ暗な世界で生きていくしかないと覚悟していた。
そんな俺を君は助けてくれた。
君を見たときに、生まれてはじめて光を感じたんだ。
それなのに、君は俺を裏切ろうとしている。
僕がこんなに愛していることをなぜわかってくれないんだ。
もう心のなかにいるモンスターを抑えられないよ。
今にも君に襲いかかりすべてを壊してしまいそうだ。
ぜんぶ君が悪いんだ。

俺を裏切ったから。

＊

読み終えると同時に「狂ってる」と言葉を吐き捨てていた。

「……え？」

静かに尋ねる咲良に、乱暴に手紙を握りつぶしてから口を開いた。

「やっぱりこいつはおかしい。自分に都合のいいように物事を解釈しているんだ。……許せないよ」

咲良はうつむいていて表情が見えない。

「こんなふうに一方的に気持ちを押し付けて、それで好きになってもらえると思ってるなんて、やっぱり狂ってる。絶対に僕が守るから」

恥ずかしさや照れなんてなかった。ただ、咲良を笑顔にしたいと思った。

ガサガサとビニール袋がこすれる音がした。咲良が荷物を持ち直し、再び自動ドアへと歩いていく。

「咲良」

声をかけても聞こえていないようだ。無意識のようにエレベーターのボタンを押すので遅れないようについていく。

部屋の前まで来ると、咲良はドアを大きく開けて無言で荷物を玄関先へ置いた。続いて僕の持つ荷物を渡すように手を伸ばした。

まるで機械に操られているような動作に思えた。荷物をすべて置くとさらに手を差しだしてくる。

意味がわからず一瞬反応が遅れ、あ、と赤い封筒を渡した。

「今日はここまでにしてもらえるかな」

静かな声で終わりを告げる咲良。

「え、でも……」

「なんだか疲れちゃって。それに、このままじゃ春哉くんも危ないし」

「そんなこと言ってる場合じゃないよ。すぐに警察に行かなくちゃ。僕も一緒に行くから」

警察に言うことを躊躇している段階じゃない。

けれど咲良は首を横に振る。

「これ以上一緒にいるところを見られたら危ないよ」

「僕のことはいい。今は咲良が心配なんだ」

きっと怯えているのだろう。そう言う僕に咲良は「え？」とかすれた声で言った。

「私が……心配？」

どうしたのだろう。まるではじめて知ることのように驚いた顔をしている。

「心配して当たり前。あんな手紙を直接ポストに入れにきたんだ。もうストーカーは暴走しだしている。大人しくしていても危険が及ぶ可能性が高い。だったら、堂々と警察へ行ってなんとかしてもらおう」

必死で説得する僕に、なぜかぼんやりとした反応しか見せない咲良。

いったいどうしちゃったのだろう……。不安がムクムクと大きくなるのを感じている僕に、咲良がゆっくりと息を吐いた。

そして、彼女は「ごめん」と言った。

「前に私が、変なことを言ったからだよね。私、そういうつもりじゃなくて、本当に口からつい出ちゃっただけなの」

「え、なんのこと？」

「ほら」と言いにくそうに咲良は僕を見た。

「私が元カノの代わりになれないかな、みたいなこと言ったでしょう。あの言葉のせいで春哉くんを混乱させているならごめんなさい」

「そんなこと……そんなことない」

こんな気弱な否定、きっと咲良は見抜いている。

「今は怖くて、誰ともつき合う気もないの。それなのに今日みたいに思わせぶりにつき合わせて……最低だよね」

「ちが……」

「とにかく、しばらくはひとりでいたい。警察には電話しておくから。本当に――」

言葉を区切った咲良の瞳に涙が浮かんでいる。

こんなふうに泣かせたくないのに。笑っていてほしいからそばにいるのに。

「本当にありがとう。気をつけて帰ってね」

早口で言うと、咲良は僕を押し出すようにしてドアを閉めてしまった。

閉ざされたドア、閉ざされた心。僕もまた、孤独だった。


いつも頭のなかに咲良のことがある。

あれから数日経っても泣いている姿がこびりついて離れず、呼吸のタイミングで頭で再生されるみたい。

今はひとりで籠城しているのかな。不安じゃないかな。声を聞きたい。会いたい。心配と願いが交互に頭を埋め尽くし、マリさんがしてくれるマッサージも気がつけば終わっていた。

いつものようにハーブティーを飲んでいると、向かい側の椅子に腰かけたマリさんが「で？」と片目を細めて尋ねた。

「で？」

「なんで元気がないのか、ってこと」

ピンクの唇でほほ笑むマリさんの膝には、当然のようにシーナがどっしりと座って僕をにらんでいる。

「ちょっと最近いろいろありまして……」

「恋、だね」

あっけらかんと言うとマリさんはカレンダーに視線をやった。あの日から三日が経ち、今日は仕事納めを終えてここに来ていた。

「僕ちゃんはクリスマスにフラれたのかな」

「そんなんじゃありません。それに僕はもう大人です」

ムッとして答えると、軽やかな声でマリさんは笑った。

「冗談よ、冗談。ただ、元気がないから気になっただけ」

「マリさんこそどうなんですか？　浮いた話のひとつも聞いたことないですけど」

反撃する僕に、

「あたしはなんにも。てか、恋愛に興味がないのよね。体だけの関係で十分なの」

そんな強い攻撃で返されたら口ごもってしまう。

ハーブティーを脇にあるデスクに置き、マリさんはやさしくシーナの頭をなでた。

ゴロゴロという喉の音が施術室に音楽のように鳴っている。

「なんか元気ないから心配したの。ひょっとして頭痛がひどくなったとか？」

「ああ、それはありますね。昔を思い出すと痛くなっていたはずが、最近じゃしょっちゅう痛みにうめいています」

咲良のことやストーカーのことを考えても痛む頭に悩んでいるのは事実だった。ふん、とマリさんは首をかしげた。

「ちゃんと事故のときのことを思い出したほうがいいんじゃないかしら？　今は記憶治療の外来もあるし、ＣＴスキャンとかで損傷している部分を発見するだけでも大きな進歩だと思うけど」

「年が明けたら考えてみます」

「これは受診しないパターンね」

クスクス笑ってからマリさんが「でも」と口にした。

「思い出したいならヒントはあげるから」

「ヒント？」

思ってもいない発言だった。

「ヒントって言えるのかな？　はじめてうちに来たときね、春ちゃんは事故のことを伏せていたでしょう？」

「ああ、はい……」

「階段から落ちた、とか嘘ついちゃって。だけど、私の誘導尋問にふと口にした言葉があるのよね。もう忘れちゃってるでしょう？」

予想外の展開だった。有給を使ってここに来たあの夜のことは正直覚えていない。ただ、記憶がないにもかかわらず、総合病院や警察には行けないという確固たる思いがあった。

それって、僕がなにか犯罪に手を染めていたということだろうか？

ふとそんな思いがよぎったが、違う、とすぐにわかる。絵理花を失って数年後のことだし、あのときの僕にはなにをやるにも気力がなかった。悪事に手を出す余裕もなかったと思う。

「僕は……なにを言ったのですか？」

マリさんはシーナを膝からおろすと、僕のカルテと思われるバインダーを手元に寄せページをめくった。

「初回の経過記録が書いてあるから読むわね。【『階段は自分で転げ落ちたか？』の質問に、『そうです』と即答。虚偽の可能性高い。『なにか見なかったか？』の質問には最初『見ていない』と答える。施術中に再度同じ質問をしたところ、半分眠りに落ちながら答える。『誰かが僕のそばにしゃがんでいた』と。】」

「ああ、それなら覚えています」

マリさんに質問されたことは失念していたけれど、あの事故の最後の場面は雨のなか誰かが僕のそばにしゃがんでいたことだ。僕を轢いた犯人かもしれないし、助けに来てくれた救急隊員だったような気もしている。

そうね、とうなずいたマリさんが「それでね」と続けた。

「続きを読むわね。【『誰がしゃがみこんでいたか』について「わからない、見えない」と答える。『その人はどんな特徴だったか？』の質問に「車の鍵が雨に光っていた」と。】」

急にあたりが暗くなったように思えた。

しゃがみこんだ人が左手に持っていた車のキーに雨粒がついている映像が脳裏に映し出される。

紙をめくる音のあと、マリさんが近づいてきた。

「階段から落ちたのに車の鍵を持っているのは変だな、と思ったの。だけど、春ちゃんがあくまで階段から落ちたことにしたいなら、それに合わせようってあのときは思った」

差し出されたカルテを受け取る。そこにはきれいな手書きの文字が並んでいた。

「ここから下を読んでみて」

細い指で示された部分に僕は目をやった。

❄

『車の鍵が光っていたの？』

「はい」

『近くに車はあった？』

「ありました」

『車種は覚えている?』

「わかりません」

『色はどうかな?』

「雨が青色でした」

『雨?』

「青い世界にいました」(半分寝ているような声)

『車の色は?』

「珍しい色だった。オレンジみたいな……。ううん、やっぱり違うかも」

『しゃがんでいた人が持っていた車のキーについて教えてくれる?』

「(無言)」

『しゃがんでいた人はどんなキーを持っていたの?』

「なにかついています。ああ、猫……」

『猫?』

「猫のキーホルダーが見えます。長い尻尾のやつです」

『キャラクターかなにか?』

「(無音)」

その後、寝息を立てたため質問終了。

打撲や内出血からみても、階段から転落したとは考えにくい。

自動車事故だった場合も、加害者ではなく被害者の可能性が高いと考えられる。要経過観察。

❄

その記録は、あの夜、地面に倒れた僕が抱いていた感情を思い出させた。

それは、罪悪感に似ていた。痛みにうめきながら、どこかで罰を受けたような気がしていた。自分なんて事故に遭って当然なんだ、そう思った。

だから事故のことは誰にも言わずにいようと決め、マリさんにも嘘を言った。

でも、それはなぜ？

にゃお、と鳴くシーナの声に夢から醒めたような気分になった。

「どう、なにか思い出せる？」

カルテを僕の手から受け取ったマリさんが尋ねた。彼女は最初から僕が交通事故に遭ったことを見抜いていた。だからこそ、車のことを何度も聞いたのだろう。

「たしかに猫のキーホルダーを持っていたような気がします。なんで忘れていたんだろう……」

長い尻尾はキジトラの柄だった。だけど、どんなキャラクターだったのか、どんな形だったのかはぼやけていて思い出せなかった。

マリさんは「そう」と答えると、椅子に腰をおろした。

「思い出すのは今日はここまでにしましょう。こういうのって専門外だし、無理して思い出そうとすれば、また頭痛がしちゃうだろうから」

施術を受けたあとだというのに、ひどく疲れているのが実感できる。

遠くからなにかが頭のなかを行進してくるように痛みが近づいてくるのがわかった。

「ちゃんと思い出せば頭痛も改善できると思うの。焦らずにがんばってみて」

代金を支払って店を出た。

年末の挨拶を交わしてからアパートへの小道を進む。

さっき思い出したキジトラ柄ばかりが頭に浮かぶけれど、意識して思考を断ち切る。

体と心は一緒のようで別なんだな。マッサージでコリを取ってもらっても、頭痛は治らない。それに最近いろいろありすぎて疲れている。

それでも、さっき思い出せた猫のキーホルダーは有力な情報といえよう。

ふいにスマホが震え、メールの着信を知らせた。表示されている咲良の名前に、自分の過去なんて急にどうでもよくなるから不思議だ。

『今日も部屋にこもっています。萩原さんから連絡があって、パトロールを強化してくれているそうです。ストーカーはあれ以来サイトを閉鎖しているため、足取りを追えないけれど、サーバーの形跡は辿れそうだと報告がありました』

この三日間はお互いにメールでのみ連絡をしている。

咲良からのメールは『ですます』で終わることが多くなり、フランクな会話をしていたのが嘘のよう。ストーカーの影に怯えている咲良は僕と距離をとろうとしている。

勝手に勘違いしてのぼせていたみたいでひどく惨めな気分だ。なのにまだ求めているなんて、僕はピエロ。ミイラ取りがミイラになったようだ。

いろんなたとえを浮かべても、真実はただの恋をした男ってところだろう。

それでもあのストーカーがそのまま彼女を放っておくわけがない。今のところ咲良も部屋からは出ていないようだけれど、年末年始の休みが終わればそんなことをいつまでも続けられるわけもない。

してあげたいことはたくさんあるのに、なにもできない非力さばかりを痛感する年末は、いつも以上に重い気持ちだ。

冷たい風に身を縮めながら歩いていると、アパートの階段の上に立っている男がいることに気づいた。

「あ……」

「よう」

たんたん、たたんと階段をおりてきた男は、黒いビジネスコートに身を包んでいた。すぐに、前にも僕の部屋の前にいた男だと気づく。

「ずいぶん待ったぜ」

くわえていたタバコを携帯灰皿に押し付けた男に、なんて答えていいのかわからずに立ち尽くす。

「今日はストーカー扱いしないんだな」

あいかわらずにやけた顔でそばに立つ男の髪は短く、やはりあの最初見たホスト風のストーカーとは似ても似つかなかった。

「誰なんですか？」

「小さい声だこと」

バカにするような口調にムカつきながらも、

「あなたは誰ですか？」

今度は腹に力を入れて問うた。男は胸ポケットから煙草を取り出すと、遠慮なく火をつけた。

「名前なんて聞いてどうする？」

「あなたは僕の名前を知ってたじゃないですか。フェアじゃありません」

ストーカーじゃないと知ったとたん、恐怖は風に飛んで行ったようだ。そうしてからやっと彼の正体を思いついた。

「ひょっとして警察の人ですか？　たしか……萩原さん。警察の人が外で煙草なんて吸っていいんですか？」

挑むように尋ねると、

「おいおい、勘弁してくれよ。俺は警察が大嫌いなんだよ」

「違うんですか？」

「宇佐美ってのが俺の苗字だ。名前はいいだろ？　男に教えるのは気持ちが悪い」

「べつにいいですけど、名前よりも咲良との関係を教えてください。どういう関係なんですか？」

質問ばかり繰り返すうちに足元から冷気が這いあがってくる。このままここで話をしていたら凍えてしまいそうだ。

平然としている宇佐美の横を通り過ぎ、階段に足をかけた状態で振り返る。

「玄関で話をしましょう」

「いいな。酒ないか？」

「ありません」

階段をあがりながら、スマホを取り出す。バレないようさりげなく録音アプリを起動させ、ボタンを押しておく。隣の部屋の電気もついているし、なにかあれば大声を出せばいいだろう。

鍵を開けて僕は靴を脱いでなかへ。宇佐美と名乗る男は玄関に立った。

明るい場所ではじめて見る宇佐美は、三十代前半くらいに見えた。端整な顔立ちに鋭い目、短い髪はどこかプロレスラーを連想させた。

「ちょっと、なにしてんですか」

思わず声をかけたのは、宇佐美が革靴を脱いで部屋に入ってきたから。

「寒い玄関で話なんかできるかよ。年末のくそ忙しいときに来てやったんだ。早く話をしよう」

僕を押しのけると部屋のなかを見て「げ」と嫌な声を出した。

「独身男の部屋って感じだな。大掃除くらいしろよ」

たしかに掃除も全然していないから、コンビニの弁当箱や雑誌、宅配便の段ボールなどが散らばっている。

「放っておいてください」

コートを脱ぎ捨てると、スーツ姿の宇佐美はさっさと床に座ってしまう。僕は部屋の入口に立ち、いつでも逃げられるように身構えた。

「で、調査はどうなんだ？」

「調査？」

「あれだけ冬野咲良から手を引くように言ったのに、結局関わっているだろ？　ストーカーの正体はつかめたのか？」

ギロッとにらむ宇佐美に「まあ」と答えた。

こんなわけのわからない男に情報提供なんてしてやるものか。本人も僕の意思を感じたのか、ふんと鼻から息を吐いた。

「そう敵対するなよ。俺たちは同志なんだからさ」

「僕は……宇佐美さんのことをなにも知りません」

「俺は知ってるぜ。鈴木春哉、二十六歳。中区にある会社でプログラマーをしている。独身、彼女なし」

「なっ……」

けけけと笑う宇佐美は、勝手にエアコンのスイッチまで入れてからあぐらをかいた。

「俺の正体は気にする必要はない。ていうか、咲良には内緒だ」

「ストーカーだからですか？」

「アホ」

吐き捨てるように言ってから宇佐美はわざとらしくため息をついた。

「そんな推理で咲良を助けられると思うな。俺は咲良の身内だ」

「え……そうなんですか？」

彼女に兄がいることなんて聞いていなかった。

「まあ、血はつながってない。それは認めよう。咲良の親友の兄にあたる」

「それって他人じゃないですか」

「アホか」

また同じ言葉で否定してから、イライラを隠さずに宇佐美はにらんできた。

「昔から家族のように仲が良かったんだよ。咲良が妹に相談してきて、俺に話が回ってきた。俺のほうがお前なんかよりもよっぽど役に立つからな。咲良を助けられるのは俺だけだ」

タバコを取り出し火をつける宇佐美をあっけにとられて見るしかなかった。家が禁煙であることも、灰皿がないこともどうでもよかった。

「宇佐美さんは……咲良のことが好きなんですね」

「そうなるな。まあ、咲良にとっては家族のようなもんだとしか思われてないだろうけどな」

咲良が宇佐美にも相談していたことがなぜかショックだった。もちろん、ストーカーの被害に遭っている以上、頼れる人は多いほうがいいし、誰に相談したっていいのに。なんだか少し裏切られた気分になってしまう。

宇佐美は転がっていた未開封の缶コーヒーを断りもなく一気に飲むと、それを灰皿にしている。

「お前には力不足だから、手を引くように進言したんだ。咲良は俺が守るから、もう余計なことはするな」

「余計なこと？」

聞き捨てならない、と反論する。

「僕だって必死にやってるんですよ」

「必死だと？　笑えるな。警察に相談するように言ったのは誰だ？　お前だろ？　そのせいでどうなったかよく考えろ。ストーカーは今や爆発寸前、咲良の身に危険が及んでいる。そんなこともわからないのか？　こんなことになったのは、全部お前のせいなんだよ」

　吐き出される煙が部屋に薄いベールのように広がっていく。目が痛くなり、視界がぼやけている。

「じゃあどうすればよかったんですか。警察に言わずになにかあったらどうするんですか!?」

「短絡的すぎて泣けてくるよ。ストーカーの心理をまるでわかっていない」

　そんなことない。方法は違えど、誰かを愛する気持ちは僕にだってわかる。でも、放っておいたら彼女に危険が及ぶと思ったから。

　いくらでも反論できそうなのに、言葉に変換することを躊躇してしまう。あまりにも宇佐美が自信ありげだったし、言われてみればこうなったのは僕にも原因があるようにも思えたから。

「俺なら警察に言わずに正体を突き止める。それで、ヤツを殺す」

「な……」

「咲良には悪いがおとりになってもらって、ストーカーを呼び出せばいい。なに、人を殺すのなんて簡単なことだ」

背中を冷たいものが駆けあがる。好きな相手を危険にさらしてまでストーカーを捕まえる、いや、殺すなんていくらなんでも異常だ。宇佐美の高そうなスーツ、肝の据わった顔、鋭い瞳のすべてから憎悪が滲み出ている気がした。口先だけではなく、本気でやろうとしていることが伝わってきた。

「お前にそんな度胸があるのか？　前にここで会ったときに、ヒントまで与えてやったんだ。それをお前は生かすどころか台無しにした」

あ、と記憶がよみがえる。

あの夜、宇佐美は僕に『もしもお前がストーカーだったらどうする？』と尋ねた。そして、先回りすることを提案されたのだ。

押し黙る僕に、音もなく宇佐美は立ちあがり横に並んだ。

「お前は無力すぎる。わかったらもう手を引け」

「僕は……」

つぶやく僕を無視して宇佐美はコートを手に玄関へ向かった。振り返ることができず、言われた言葉を反芻する。

「僕だって、咲良を傷つけるストーカーを許せません」

「へえ」

「でも、殺していいことにはならないと思います」

宇佐美に体を向けると、コートを着終えた宇佐美が顎を上にあげ僕を見おろしていた。

「なあ、春哉」

急に柔らかい口調に変わった宇佐美が目線の高さを合わせるように腰を曲げた。

「いい加減気づけよ。お前、フラれたんだよ」

「な……」

「最後に咲良に会ったときに言われただろ？　勘違いさせてごめん、って」

玄関でのやり取りがふと脳裏に蘇った。咲良はそんなことまでこの男に話をしているんだ……。

「あのときは咲良が混乱していたから」

ストーカーからの手紙が届き、普通の精神状態じゃなかった。だからこそあんなこと、言ったんだ。

「咲良はそのとき言ってただろ？　『しばらくひとりにしてほしい』って。お前は拒絶されたんだ。それなのに、どうやって咲良を守るんだ？」

拒絶……。たしかにあの日以来、メールの数は減っている。

「さっき俺をストーカー呼ばわりしたろ？　そのまま返すよ。今のお前はまるでもうひとりのストーカーみたいなもんだ」

「違う！」

冗談じゃない。僕はただ守りたいだけ。ストーカーなんかじゃない！

靴を履いた宇佐美が振り返る。その瞳には哀れみが浮かんでいる。

「はっきり言う。咲良は困っている。ただでさえストーカーに苦しめられているのに、さらには勘違いしたお前がしつこく言い寄ってくると」

「咲良が……」

「悪いことは言わないから、しばらくは時間をおくこと。それを伝えにきたんだ」

そう言うと、宇佐美は部屋を出て行った。

しばらく立ち尽くし、鍵もかけずにリビングに戻った。気持ちと同じように散らかった部屋にうずくまる。

咲良を守りたいと思っている僕が、彼女を傷つけている？　そんなことない、と思っても宇佐美に言われた言葉がお腹のなかで渦を巻いている。
強くなりたい。咲良を守れる力がほしい。
彼女に、会いたい。
でも、もう会えない。

第五章　君に会いにいく

年が明けるのなんて一瞬だった。

正月に入っても普段の休みとなんら変わりがない。朝起きて、だらだらと過ごしているとー日なんてあっという間に過ぎていく。テレビでは特番でやたら正月を強調しているけれど、画面を消せばすべて違う世界での話になる。

時計を見るともうすぐ朝の四時になるところ。年が明けてもう四日も過ぎてしまった。朝から続く雨も、なんの予定もない僕には関係のないこと。

あれから咲良には会っていない。宇佐美に会った夜からはスマホの電源も切っている。それは、日を追うごとに咲良に会ってはいけないと思ったから。

たぶん、最初からおかしな関係だったんだ。あの夜に出会わなければよかった。

なのに、忘れられないのは僕の弱さ。また事故に遭って記憶がどこかへ飛んでいけばいいのに。そうすればこんな感情も捨てられる。

なのに、前よりももっと咲良を想ってしまう自分がいる。

遠くからバイクの音が近づいてくる。隣の部屋に新聞配達がやってきたのだろう。

――ガタン。

また牛乳箱を蹴飛ばす音がした。ゴトゴトと元に戻す音が続く。なかに牛乳瓶が入っていたらどうするつもりなんだ。まるでわざとやっているようにすら思える。

エンジン音が去ったあと、のそりと起きあがった。トイレを済ませ手を洗うと、鏡のなかには無精ひげの情けない男がいた。

咲良はちゃんと眠れているのだろうか……。不安のなか毎日を過ごしていないかな。なにもできないくせに心配だけはしている自分が歯がゆい。

そういえば、郵便受けすらも確認していなかったっけ。

上着を羽織って玄関のドアを開けると、まだ真っ暗で冷たい雨の音だけがしている。手探りでドアの横に設置されているポストを開けると、地面にバラバラと封筒が散らばった。

「もう……」

無性にイライラして玄関の明かりをつけると、吹き込んできた雨でいくつかの封筒はぐっしょりと濡れてしまった。

「あ……」

思わず声を出したのは、封筒の間に『咲良』という文字が見えたから。大きく鳴る胸をこらえて取り出す。

それは咲良からの年賀状だった。さらに心臓が激しく鼓動を打ち出すのがわかった。喜んではいけない、拒絶される前に出されたものかもしれないのだから。

裏面を見ると、『謹賀新年』の文字のあと、彼女の美しい字が並んでいた。

『春哉くん。この間はごめんなさい。いろんなことが起きて怖くなってしまったんです。メールや電話もつながらないから年賀状を送ることにしました。今、どうしても春哉くんに会いたい。これが素直な気持ちです。　冬野咲良』

ああ、と力が抜けその場に座りこんだ。この数日ずっとのしかかっていた荷物がなくなったみたいに気持ちが軽くなっていた。同時に、宇佐美の言葉を信じてしまった自分を呪いたくなる。

咲良が起きたころに連絡しよう。僕も会いたい、会いたくてたまらないって伝える。

「よかった……」

こたつの上に残りの郵便物を置こうとして違和感を覚えた。母親からの年賀状、初売りのＤＭ、その下に宛名の書かれていないはがきが顔を出している。

手に取るが、やはり宛先や差出人の欄は空白だった。すっと恐怖が音もなく忍び寄ってくる。

冷えた指先でそのはがきを裏返すと、たった一行、ｈｔｔｐｓからはじまるアドレスがパソコン打ちされていた。

「なんだよ、これ……」

わかっている。これは宣伝とかじゃない。ストーカーからの手紙だ。それがなぜ僕のところへ……？

電気をつけ、こたつの上に置きっぱなしのノートパソコンを起動させた。モーターの回転する低い音、なにかを読みこむ音。

早く、早く。なかなか起動しきらないパソコンにイラつきながら、もう一度はがきを確認する。やはり、表面にはなにも書かれていない。

ようやくインターネットの画面を開くと、そこに書かれているアドレスを打ちこんだ。ドメインはやはり見たことがないものだ。並んでいる文字のなかに【ｓａｋｕｒａ】の文字を見つけたとたん、息が止まる。

なんとか打ちこみリターンキーを叩くとすぐに、画面は真っ黒になった。写し絵のようにフェードインで白い文字が浮かびあがってくる。

❄

貴女は母親に嫌われて育った。

理由は簡単なこと。

父親は他人だから。

血がつながっていないから。

❄

気づくと家を飛び出していた。

走りながらスマホの電源を入れると、咲良からの不在着信がずらりと表示された。

続いて、メールを開く。

『こんばんは。私は籠城作戦継続中です。年末にこんなにゆっくりテレビを観るのははじめてです』

『春哉くん、元気にしている？　少し電話で話せないかな』

『なにかあったのかな。春哉くん、この間のことはごめんなさい。買い物にまでつき合ってもらったのに、冷たいこと言っちゃったよね。電話ください』

『何度もメールしてごめんなさい。私、自分のことで頭がいっぱいになっちゃってひどいこと言ったよね』

『明けましておめでとうございます。そろそろ食料が尽きそうです。友達が買ってきてくれています。春哉くんの声が聴きたい』

『助けて。ストーカーから手紙が来たの。お願いだから電話に出て』

『怖くてたまらない』

『春哉くん、助けて』

最後のメールは二日前の朝九時に送られている。

ああ、なんてバカなんだ。

宇佐美に言われたことで落ちこむよりも先に、なんで咲良に連絡をしなかったのだろう。僕の家にはがきが届いたということは、咲良の下にも届いていたってことだ。きっと咲良はすでにあのサイトを見ている。スマホの電源を切っていた間、どれほど彼女を不安にさせたのか。

「くそ！」

口にしたことのない言葉を自分に浴びせ、夜明け前の町を走った。駅前を抜け、咲良のマンションへ走る。

ようやく到着するとインターホンを鳴らした。同時にスマホで電話もかける。

──ガチャ。

と音がしたのはインターホンのほうだった。

「春哉くん……?」

「僕だよ。ごめん、本当にごめん」

ロックが解除される音がし、自動ドアが開く。体をねじこんで抜けると、そのまま階段を駆けあがった。

部屋の前に着くと咲良が立っていた。こんなに朝早いのに今にも外出しそうな普段着で。

抱きしめるのに勇気なんていらなかった。強く強く抱きしめる。咲良も同じように返してくれた。

「咲良、ごめん」

「ううん、ううん」

こんな小さな体で必死に恐怖と戦っていたなんて。僕はバカだ。悔しさに涙があふれそうになる。

もう二度と離さないよ。絶対に咲良を守るんだ。

ゆっくり腕を解くと、咲良の瞳にも涙が浮かんでいた。

「咲良……。大丈夫？」

「うん。よかった……春哉くんになにかあったのかと――」

力が抜けたように座りこんだ咲良の体を支えた。必死で涙をこらえても、その瞳から大粒の涙がこぼれている。

もう泣かせたくないのに、僕のせいで……。でも、罪悪感に囚われるよりも、彼女のためにできることをしたいと思った。

宇佐美の言葉なんて関係ない。彼女を好きな気持ちはあいつには負けない。

部屋に入ると、咲良のノートパソコンが起動していた。そこには、さっき僕が見たサイトが表示されている。

きっと何度も見直していたんだろう。そばにいられなくてごめん。

「届いたはがきにね、このアドレスが載っていたの」

つぶやくように言うと、咲良はキッチンへ行き、淹れたばかりの珈琲をくれた。マグカップを手にしてはじめて、体が冷え切っていたことを知る。

「届いたのはいつ？」

「元日」

そのときに気づいていればすぐに駆けつけられたのに……。

「ごめん。僕は今朝久しぶりに郵便受けを見たんだ」

「じゃあ私からの年賀状も見ていないんだね？」

こんなときなのに頬を膨らませる咲良は、きっと無理している。怖くて恐ろしくてたまらないのに、必死で笑顔を作ろうとしているんだ。

「さっき見たところなんだ。うれしかった、本当にうれしかったよ。ちゃんと返事書くから」

「楽しみにしているね」

「本当にごめん。電話も切ってて、ううん、全部ごめん」

「来てくれたからもう大丈夫だよ」

どうしてこんなときにやさしくできるのだろう。僕は自分のことばかり考えてばかりだというのに。

少しの沈黙に、珈琲の香りがやさしく漂っている。

「実はうちにもストーカーからのはがきが届いて、このサイトもさっき見たんだ」

「え、春哉くんの家にも？」

改めて見ると、さっき自宅で見た簡素なサイトと同じ言葉が書いてあるが、こちらには親子三人が笑っているイラストが画面下部にあり、クリーム色の背景はざらざらした布のようなデザインだ。リアルタイムで修正しているのだろうか。

画面に目をやる僕に、咲良が「うん」とうなずいた。

「でも、本当のことだったの」

「え？」

咲良は目を数えるように絨毯を人差し指でなぞっている。意味がわからずに指の動きを何往復も眺める。

「お母さんに嫌われていたのは事実なんだ。だから、追い出されるように家を出た。このはがきが届いてから、不安になって親に電話をしたの。それも何年ぶりかってくらいなんだよ」

嫌な予感が体にまとわりつきだす。咲良は少し笑ってからまた涙を浮かべた。

「ずっとお父さんだと思っていた人は、本当のお父さんじゃなかった。私が生まれてすぐに母が再婚した人なんだって。ひどいよね」

ぽろぽろこぼれる涙を僕は拭ってあげることもできない。

「たしかにそうかもしれない。薄々感じていたのに、気づかないフリをしていたんだと思う。逆に謎が解けたような気もしているの」

そんなの嘘だってわかるよ。

「泣いていいよ。全部、吐き出していいから」

そう言った僕に咲良は体全部でしがみつくように抱きついてきた。声を出して泣く咲良を僕も抱きしめた。

「ひどいよね。許せないよ」

耳元で言う僕に、咲良は嗚咽を漏らしている。

そもそもどうしてストーカーはこんな情報を得ることができたのだろう。単なる恋愛感情だけじゃなく、異常なほどの執着心を感じる。

「このサイトを作ったストーカーは頭がおかしいんだよ。こんなことをしてまで、自分の気持ちが伝わると思っているなんておかしすぎる」

顔をあげた咲良の顔は涙でぐちゃぐちゃに濡れている。じっと僕を見つめる瞳に僕は言う。

「僕がちゃんと守るから」

画面にはまだあのサイトが映し出されている。

なにがあっても咲良を守ってみせる。告白なんて、そのあとでいくらでもすればいい。

強い決意で咲良の頭を抱きしめると、甘い香りがした。カーテンの隙間からは朝陽が差しこんでいた。

社長の挨拶には構成作家やタイムキーパーがいたほうがよいと常々僕は思っている。そもそも、社員全体に聞かせるほど重要な話であればきちんとした台本を作るべきだし、いかに興味を引くような話しかたをしているか、などと内容にも注視すべきだ。エライ人の話だって一度おもしろいと思えれば、必然的に次も聞きたくなるだろう。隣で半分寝ながら聞いている橘の目だって覚めるだろうに。

仕事はじめということもあり、いつもの二倍は長い話を聞き終わり席に着く。朝からぐったり疲れた気分だ。

大あくびをしながら打ち合わせに向かう橘は、グアムに行ったという割には日に焼けていない。隣の席の水野さんは本当は風邪を引いたことにしたかったそうだが、急ぎの仕事が入ったため嫌々出勤したそうだ。不機嫌さ全開でパソコンに向かっている。

僕は、というと気持ちがスッキリしている。咲良への想いを確かめられたし、咲良を抱きしめながら自分にできることをすると決めた朝以来、まるで勇者がレベルアップしたみたいな気分だ。まだ装備は初心者レベルでも、いずれ強くなれるはず。

新年の挨拶メールを機械的に送ったあと、ストーカーの作ったサイトを表示させる。

何度見てもゾッとするほどの執着や憎悪を感じる。

違うな、と首をかしげた。ストーカーにとってはこれこそが愛情表現なのだ。

『ほら、こんなに傷つけたよ。もうこれ以上傷つきたくないなら、ここへおいで』

そんな気持ちでいるだろう。って、同調してどうするんだよ。

「今ってどんな案件を担当してるの？」

仕事に飽きたらしい水野さんが肘をつき、両手のひらの上に頬を載せて尋ねた。

「ああ、今はメール待ちって感じです」

答えてから気づく。そういえば、水野さんは社会人になってから専門学校に入っているんだっけ。今でも最新のＩＴ技術を勉強していると聞いている。

「水野さんに聞きたいことがあるんですけど」

「勘弁。疲れてるのよ」

ヒラヒラと手を頭の上で振る水野さん。冬休み明けの勤務開始直後だというのに、すでに帰りたくなっているらしい。

「実は、僕の友達がストーカーの被害に遭ってるんです」

「ほ？」

ひょいと顔をあげた水野さんの瞳がキランと光った気がした。投げた釣り餌に早速食いついたようだ。

「ストーカーからの手紙にアドレスが記載してあって、それをクリックしたらサイトが作られていたんです」

「なになに？　こわーい　こわーい」

彼女の『こわーい』は、たいていが『たのしーい』に変換することができる。さっそく水野さんは小走りに僕のデスクに回ると、隣の空席に腰をおろして画面を覗きこんだ。

「さくら、って女の子が被害に遭っているの？」

「そうなんです」

「ひょっとして鈴木くんの彼女？　……なわけないか」

勝手に納得してから僕のマウスを奪うと、「ほほう」と水野さんは画面を拡大したりアドレスを調べ出した。

ひとしきり画面を調査したのち、水野さんは「ちょっと待ってて」とスマホを取り出した。どこかへ電話をかけるのか、スマホを耳に当てる。

「あ、もしもし。お仕事中ごめんなさい。あたし、わかる？　ふふ、そうあたし！　沙織よー。江島(えしま)さん。お元気？」

女子高生でも出さなそうな黄色い声ではしゃぎながらフロアを出ていってしまった。

僕もスマホを確認することにした。咲良からメールが来ている。

『おはよう。今日もお仕事がんばってね。帰りにちょっと買ってきてもらいたいものがあるんだけどいいかな？』

じん、とした温かい気持ちがお腹のあたりに満ちていく。まるで恋人に宛てるメール。こんなの宇佐美は絶対にもらっていないだろう。

そういえば、宇佐美の連絡先を聞いていなかったっけ。咲良に尋ねるわけにもいかないので、どうしようか……。

そこまで考えて、報告する義務はないかと思い直す。

ひょっとしたら咲良はもう相談しちゃっているのかな。少しだけ嫉妬を覚えてしまう。

「鈴木さん、椎名企画の中村様より三番にお電話入っております」

と、遠くの席から言われた。

先方から修正指示が来たのだろう。仕事モードに切り替え、受話器を手に取った。

なんら変わりない職場での時間が流れていく。それでも去年までの僕にはなかった力を手にした気がしている。

しばらくして戻ってきた水野さんは、自分のパソコンでなにかを熱心に調べだした。僕の相談に乗るのはもう終わり、ってことなのかな。

まあ、水野さんらしいといえばそうなのだろうけど、なんだか中途半端だ。

進展があったのは昼休みに入ったときだった。水野さんは、弁当箱を手に当然のように僕の隣の席に着いたのだ。

「調べてきたわよ」

きょとんとする僕に、

「今朝見せてもらったサイトのこと。ずいぶん進捗あったんだから」

と自慢げに胸を張っている。

「え、今まで調べてくれていたんですか？」

「当たり前じゃない。鈴木くんのピンチだもの。全力で調べたんだから」

向かい側の橘が首をかしげているのが視界のはしに映ったけれど、それどころじゃない。

「あたし、新卒のころは文具メーカーに勤めていたのよ。知ってる？」

「いえ、知りません」

「大変な職場だったけど、今となってはよい思い出よ。今でも同期の子は親友だしね」

なんの話だよ、とツッコミそうになるのをグッとこらえた。彼女は今、大切な話をしようとしている。今はその前座の時間だ。

「さっきのサイト見せてくれる？」

「あ、はい」

再びサイトを表示させるが、今回はＩＰアドレスが変わっていないらしくすんなりと画面に現れてくれた。これまでは時間で変えていたのに、と違和感を覚えた。

「このイラスト見て」

マニキュアの輝く指で指しているのは、親子三人のイラスト部分。かわいらしい笑顔で笑っている。ネットに落ちていた画像を使ったのだろう。

「これがどうかしましたか？」

「このイラストを描いた子を知ってるの」

「え!?」

思わず大声を出してしまったけれど、昼休みに入ったおかげでそれほど目立つこともなくホッとする。

「このイラストを？　それが前の会社のかただったんですか？」

「声が大きい。ここから先は内密な話になるし、ちょっと危ない話だから詳細は言わないでおくわ。なんにしても、このイラストは前の職場が運営しているサイトで期間限定で、無料配布されていたの。もう少し近づいて」

顔を寄せると水野さんの香水がいつもより濃く香った。スパイのようにあたりをさりげなく見渡してから「あのね」と水野さんはささやいた。

「これはここだけの話よ。ダウンロードした人の詳細を教えてもらったの。そこから住所を辿ったら、なんと同じ市内の人がひとりだけいた。しかも先月中旬にダウンロードしてた」

「え!?」

「だから声が大きいって」

水野さんに倣い、僕もデスクの際くらいの高さに頭をさげた。

いつの間に挟んでいたのか、水野さんの二本の指の間にメモが挟まっている。手を伸ばすとひょいと遠ざけられてしまった。

「ボーナス出たわよね？　あたし、新しい美顔器がほしいの」

「びがんき？　なんですか、それ？」

「リフトアップに効果があるマッサージ器みたいなもの。そこまで高くないから安心して」

「交換条件ってわけですか……」

僕の返事が気に入らなかったらしく、

「なによ」

不満そうに顔を歪めると水野さんが立ちあがる。

「こういう情報って普通は絶対に教えてもらえないのよ。それをかわいい後輩のために無理して聞いたっていうのに――」

「わかりました。買いますよ。だから見せてください」

観念してそう言うが、抜け目のない水野さんは僕のスマホを指さした。先に買え、ということだろう。

言われた品番を入力するとモデルらしき女性が細い器具を頬に押し当てている映像が出てきた。先端から蒸気がモクモクと出ているけれどこれはCGだろう。

「げ。二万九八〇〇円？」

「なによ、こういう情報って――」

「わかりましたよ」

降参のポーズを取ってから購入処理を進めた。最後まで終わったのを確認すると、水野さんはようやくメモを渡してくれた。

　丸文字で書かれたメモを見て固まる。

「え……なんで」

　そこには僕の名前が書かれていたのだ。横には住所も書かれており、それはなぜか自宅ではなく、近所の住所だった。

「そうなの、鈴木くんの名前だったから驚いちゃった。あえて使ったんでしょうね。住所も同じ？」

「いえ、違います」

　書かれていた住所は浜松駅から二十分くらいの場所にある小さな町だ。僕の家からもそれほど離れてはいない。

「それでほかの情報はないんですか？　メルアドとか携帯番号は？」

　焦っているのがわかっても質問を止められなかった。ひとつでも多くの情報を知りたかった。

「メルアドは使い捨てのアドレスで現在は使用されてなかった。携帯番号は不明」

「そうですか……」

「住所だけは生きているみたいだし、そこから辿っていけばいいじゃない」

あっけらかんと言う水野さんに「はい」とうなずく。たしかにこの住所に行ってみればなにかわかるかもしれない。

「なにやってんの?」

昼食をとり終わったらしい橘があくびをしながら僕のデスクへ来た。

「ストーカーの調査よ。あたしのお手柄で無事解決」

ふふん、と上機嫌で言うと、

「くれぐれも内密にしてよ」

水野さんは僕の肩をポンと叩いて行ってしまった。代わりに空いた椅子に橘が座る。

「なんだ、これ。例のストーカーが作ったサイト?」

「そうなんだよ。でも、なんとか相手がわかりそう」

「……なんで?」

手に持っていた住所のメモを見せると、橘は眉をしかめた。

「同姓同名、なわけないか。なりすましってやつだな」

「この住所に行ってみるよ。なにかわかるかもしれない」

「へえ」と言ったあと橘は右手を伸ばし僕のマウスを取り操作し出す。

そのとき、橘の右ポケットからなにかが見えていることに気づいた。

さりげなく注視すると同時に声をあげそうになった。

幸い橘は気づかずに画面とにらめっこをしている。

「なあ、橘。午前って、会議だったんでしょ？」

ん、と僕を見た橘が軽くうなずいて画面に目を戻した。

「会議はすぐに終わってさ、ちょっとクライアントんとこに挨拶行ってきた」

「そう……」

胸が鼓動を速めているのがわかった。気づかれてはいけない。

キヅカレテハイケナイ。

「参ったよ。営業のヤツらが営業車を占領してさ、結局自分の車で行く羽目になっちまった」

「そうなんだ」

答えながら、また右ポケットに視線が吸い寄せられる。

橘のポケットから見えているのは、猫のキーホルダー。丸くなって寝ている猫の長い尻尾が強調されている。その柄は、過去に見たことのあるキジトラのものだった。

新年の挨拶回りに行くことにして会社を出たのが二時過ぎ。一度浜松駅に出て、バスに乗って記載された住所へ向かうつもりだった。

目的のバスに乗りこむと、ようやく息がつけた。

まだ鼓動が速いのがわかる。橘のポケットから見えていた猫のキーホルダーが頭から離れない。

あのキーホルダーを僕は知っている。

思い出したくないのに青い世界に重なるそれは、事故のあと倒れている僕にしゃがみこんだ誰かが持っていたものだ。じゃらんと立てた音さえもリアルに思い出せるほど、記憶にしっかりと重なった。

雨が跳ねる視界の向こうに、たしかにあの柄のキーホルダーを見た。

——僕を車で撥ねた犯人が橘だったということ？

「まさか」

つい口に出してしまうが、平日の昼間のバスは閑散としていて聞こえた人はいなかったようで安心する。

あの事故のあと、僕は恐怖のあまり車の運転ができなくなった。会社に復帰してしばらくは橘が朝迎えにきてくれ、帰りはタクシーを利用した。

だから普通に考えれば橘のはずはない。でも、不吉な考えがぬぐえない。

橘の車に傷はなかったと思う。じゃあ社用車を使ったということだろうか。事故報告書を一度見てみる必要はありそうだけど、あのころそんな話を聞いた記憶はない。遠くからまた頭痛が襲ってくるのを感じ、窓からの景色を眺めた。そうしているうちに痛みはすぐに引いてくれた。

「違う」

意志をはっきりと言葉にすると、斜め前に座っていた老人がチラッとこっちを見た。橘なわけがない。キーホルダーだってあれが人気のキャラクターで量産されているとしたら持っている人は多いはず。そう考えれば、遠い昔に見たような気もするし、ただの偶然だろう。

無理やり納得させてバスをおりる。スマホのナビで確認すると、急な坂道の上が目的の場所らしい。

坂道をのぼりはじめると、住宅地らしくぎゅうぎゅうに家が立ち並んでいる。脇道はどれも車が一台入れるかどうかという幅しかない。

歩きながらふと既視感を覚えた。

この町にはあまり来たことがないけれど、この風景を知っている気がした。

きっと以前、営業で何度か来たことがあるのだろう。

事故に遭って以来、車には乗っていないから顧客ともオンライン会議ばかりしているけれど、そろそろ運転を再開してもいいかもしれない。

ナビの指示どおり右に曲がりしばらく行くと、白いマンションがひょっこり顔を出した。足が、止まる。

八階建てくらいのマンションは元々は白色に塗られていただろうけれど、今じゃ古ぼけて灰色にくすんでいる。駐車場は狭く、今も必死でハンドルを切り返している主婦らしき人の乗った軽自動車があった。

ここに咲良を苦しめ続けているストーカーが住んでいるのだろうか。水野さんは内緒だと言ったけれど、エスカレートしている今、やはり警察に伝えたほうがいい気がする。もちろん、その前に咲良をどこかへ避難させるか引っ越しさせなくちゃいけないが……。

ようやく駐車を終えた主婦が、後部座席にいた子供とともに建物へ歩いていく。両手にスーパーの袋をぶらさげて大変そうだ。

その先にあるエントランス、あのなかに入れば狭すぎる空間があってそこでドアロックを解除する。エレベーターも三人乗るのが精一杯という狭さで……。

急に脳裏に映像が浮かび、ぐらりと体が揺れた気がした。

さっき覚えた既視感がリアルに脳内を流れている。この場所をやはり僕は知っている。

前に来たことがあるのだろうか。でも顧客はたいてい会社の人だし、こんなマンションに来る用事なんて思い出せない。

エレベーターのボタンの形まで覚えているのに、その先はもう浮かんではこなかった。

冬の風によろけそうになる体を必死でこらえていると、胸元のポケットに入れてあったスマホが震えた。咲良の名前が表示されている。

「もしもし、咲良?」

「仕事中にごめんね。電話するか迷ったんだけど……」

「ううん、大丈夫。なにかあったの?」

建物に吸い寄せられるように歩き出す。

「あのね、終わったの」

「終わったって?」

「ストーカーのこと、全部解決したの。春哉くんのおかげだよ」

足が止まる。分厚い扉の向こうに自動ドアが見えている。

「どういうこと？　なにがあったの？」

「さっきね、郵送でインターネットショッピングの荷物が届いたの。サインが必要だっていうからロックを解除して部屋まで来てもらって……あ、もちろんチェーンはしたままで対応したんだよ」

「うん」

「配達員さんが郵便物も一緒に持ってきてくれて」

「それで？」

先をせかす僕を、咲良は小さく笑った。

「その中に封筒が一通あったの。宛先に私の名前が書いてあって、差出人の名前はなかった。なかにパソコン打ちされた手紙が入っててね。そこに謝罪の文章が――」

「待って。それって本当にストーカーから？」

「うん。間違いないと思う。全部終わったんだよ」

もう一度建物を見あげた。古びた壁にいくつもの雨の黒い跡がこびりついている。

「春哉くん、聞いてる？」

「あ、うん。ごめん、驚いちゃってさ……」

「外にいるの？　今日から仕事じゃなかった？」

少し迷ってから咲良に今朝のことをかいつまんで話した。僕が今そのマンションの前にいることを聞くと咲良は悲鳴のような声をあげた。

「お願い、なにもしないで。せっかく落ち着きそうなのにこれじゃあ手紙をくれた人を怒らせちゃう。とにかく一度手紙を読んでほしいの」

腕時計を確認してから頭のなかで計算をする。タクシーを使えば咲良の家に寄っても定時までには会社に戻れるだろう。

「……わかった、すぐに行く。でも、油断させるための作戦かもしれないから気をつけて」

「はい」

生徒のように返事をする咲良に笑ってしまう。

電話を切るとアプリでタクシーを呼んだ。幸い近くを走っていたらしくすぐに到着した。

タクシーに乗りこみ目的地を告げてから振り返ると、ガラス越しに見えるマンションに懐かしさはもう消えていた。

------ ❄ ------

突然のお手紙を差しあげることをお許しください。

また、あなたにたくさんの迷惑をかけ申し訳ありませんでした。

あなたにはじめて会った日のことは今でも鮮明に思い出せます。

不思議でした。顔を見た瞬間こう思ったんです。

「やっと再会できた」と。

運命が俺たちを結んでくれたと信じてからは、あなたの気持ちも顧みずに自分の想いだけをぶつけてしまいました。

好きな気持ちが暴走し、ひどいことまでしてしまいました。

今朝、長い夢から醒めるようにようやく冷静に考えることができました。

あなたを一番愛しているはずなのに、一番傷つけているんだと気づきました。

とんでもないことをしてしまったという後悔しかありません。

もう二度と付きまとうようなことはしません。会うこともありません。

本当に申し訳ありませんでした。

❄

三回読み直し、ようやくテーブルの上に便せんを置くと、隣で一緒に読んでいた咲良と目が合った。

「これで終わったってことだよね？」

「……うん」

咲良の家で、出された珈琲を飲んでいる間に考えを整理する。手紙を封筒にしまう咲良の横顔が穏やかで、安心した顔になっている。いつもどこか緊張していたからか、仕草すべてが柔らかく思えた。

でも、あれだけのことをやってきたストーカーが、こんなふうにいきなり反省するものだろうか。好きな気持ちはそんなに一瞬で冷めるものなのか。

逆に僕はやっぱりストーカーが許せない。自分勝手に好きになって、咲良を傷つけるだけ傷つけて終わりだなんて、そんなのありえない。

「やっぱり警察に行こう。これで終わりかもしれないけれど、住んでいる所だってわかったかもしれないわけだし、きちんと罰を受けてもらうべきだよ」

「罰……？」

思ってもいないことを言われたように目を丸くした咲良に、僕はうなずく。

「ひょっとしたら気持ちが再燃するかもしれないし、そもそも他人の個人情報をネットに流すなんて許されることじゃないと思うから」

家庭環境を暴露されたことを言っているとわかったのだろう、咲良の表情が翳った。

「僕は咲良にそんな顔をさせたくない。そのためにも、目に見える形で終焉させたいんだ」

咲良はしばらく手紙に視線を落としていたけれど、やがて首を横に振った。

「でも……怖い」

「うん。僕も怖い」

そう言った僕に咲良はやっとほほ笑んでくれた。

「だけど咲良がされたことは許されることじゃない。一方的に向こうのタイミングで、しかもネット上で真実を晒されて家族のことを知るなんてありえない」

ふいに咲良の口に浮かんでいた笑みが消えたかと思うと、

「じゃあ春哉くんはどうなの？」

咲良は低い声で尋ねた。なぜかドキッと胸が跳ねた気がした。どういう意味なのかを尋ねる前に、咲良は「へへ」と笑った。

「だって人間は間違いを犯す生き物でしょ。この人が反省しているなら、私はこれ以上犯人探しはしたくないな」

なんだ、そういう意味か、とホッとした。なにげない質問でも、彼女に嫌われたくない気持ちが大きくなっている。

ふと、咲良が天井のライトに目をやったかと思うと「そういえば」とつぶやいた。

「前に友達がストーカーの被害に遭ったって言ったことあったでしょう？　あのときも最後はこんな感じだったかも」

「そうなんだ」

僕は適当に相槌を打った。そんなことよりもこれからのことを決めなくちゃいけない。警察に行くか、それとも黙認するのか……。相手の感情が読めないぶん、立ち回りは慎重にしなくてはならない。

「バイトにはいつから行くの？」

「春に詩集を出すって言ってたでしょう。その編集が終わるまではお休みにしているの」

「改めて思うと、詩集を出すってすごいことだよね」

どんな言葉をどんな写真に添えるのだろう。咲良が自由に写真を撮れるようにしてあげたい。

「電子書籍だけど、本当にいい詩集になると思っているの。春哉くんがいてくれたからだよ、ありがとう」

顔が熱くなるのがわかった。内心のうれしさを押し隠せず、モゴモゴと返事をしてしまう。

「春哉くんが心配してくれたからがんばれたと思うの。萩原さんには連絡しておくから安心してね」

萩原さんという警察官には、僕からも情報提供をしておいたほうがいいだろう。

「じゃあ、今度一緒に行こう」

「うん。とりあえず電話しておくから、編集が終わったら一緒に行こうね」

そろそろ会社に戻らないといけない時間だ。立ちあがろうとする自分のなかで、今言わなきゃだめだ、このまま行ってはいけないと心の声がする。

「咲良」

乾いた声になる僕に、咲良もハッとした顔をした。

「もしも、迷惑じゃなければ……だけど、これからも――」

そこで無理やり口をつぐんだ。なにを言おうとしているんだ、僕は。

けれど、咲良はこくりとうなずいて僕の目をじっと見ている。胸が高鳴り、抑えきれない感情がまた言葉になりあふれてくる。

「これからも咲良を守らせてほしい」

「……いいの？」

その場に両膝をつく格好になりその白い両手を握った。

「君が、好きなんだ」

「あ……」

「こんなこと今言ったら怒られるかもしれないけど、ずっと好きだった。男らしくない性格だし頼りないと思うだろうけど、君が好きな気持ちはほかの誰にも絶対に負けない」

言いながら情けなさに負けそうになる。もっとかっこいい告白をしたかったのに、いつだって好きになるとうまく気持ちが伝えられない。

絵理花との恋が終わってから、もう二度と恋はできないと思っていた。自暴自棄になって、やがてそれにも慣れ、川の流れに身を任せるように怠惰な日々が続いていた。

それを咲良が変えてくれたんだ。

目を伏せた咲良の右の瞳から涙がひとつこぼれた。

「うれしい。ありがとう」

「あ、ううん。あの、それって……」

「私も好き。だから本当にうれしいの」

信じられなかった。てっきり断られると思っていたから、咲良の言葉に生まれて初めての鳥肌が立つ感覚があった。

抱きしめたい衝動を抑え、また夜に会う約束をした。

玄関で靴を履いているとき、ドアに手をかけるとき、すべての行動が夢のなかのようでふわふわしていた。久しく感じたことのない幸福感に呼吸さえもしにくい。

そういえば、と思い出す。

「宇佐美さんにも連絡しておいてくれる？」

これまでの嫌な感情を忘れるほど、今は宇佐美にも感謝したい気分だった。宇佐美はきっと咲良に恋をしている。もし僕たちが恋人になったことを知ったら驚くだろう。

けれど、咲良は首をかしげた。

「宇佐美って誰のこと？　そんな人知らないよ」

不思議そうに尋ねる咲良に、僕はなにも答えられなかった。

第六章　流転

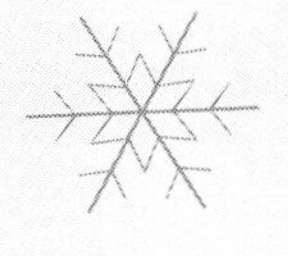

二月になるとさらにさがった気温は、珍しくこの町に雪を降らせた。雪の舞う街並みに信号待ちの人々が足を止め、空を見あげている。

土曜日の今日は駅前にはたくさんの人が歩いていた。

「浜松で雪なんて久しぶり」

さっきからはしゃぐ咲良の腕を取り、

「ほら、また転ぶよ」

と注意する僕にも笑みが浮かんでいる。

「だってうれしいんだもん。それに……」

咲良が僕の手にあるエコバッグをチラッと見て恥ずかしそうにうつむいた。さっき買ったばかりの枕のことを言っているのだろう。そんなの僕だってかなり恥ずかしい。

つき合い出して一カ月が過ぎようとしている。まだキスもしていないプラトニックな恋は、『バレンタインデーの日、うちに泊まりにきてほしいな』という咲良の提案により一気に先へ進めそうな気配だ。

ヤバい、こっちまで顔が赤くなってしまう。

信号が青に変わり歩きだすと、もう雪は止んでしまっていた。数分だけだった景色を名残惜しんで空を見て歩く咲良の横顔をそっと見た。会うたびにもっと好きになる。

それはきっと絵理花のときよりも、もっと速く、深く。

過去の恋を思い出すのももう終わり。これからは咲良だけを想って生きていくんだ。

「そういえば、ストーカーはその後大丈夫？」

マンションに向かう細道で尋ねた。あの手紙を最後にぱったり接触をしてこなくなった彼は、本当にあきらめたのだろうか。

「なんにもないよ。ていうかね、今では感謝しているの」

「感謝？　え、なんで？」

「だって」

僕から枕の入ったエコバッグを奪うと、

「春哉くんと出会わせてくれたのはその人なんだもの。もしストーカーの被害に遭ってなかったら、好きにだってならなかったし」

なんていたずらっぽく笑う咲良。そういう考えかたもあるんだろうけど、心に傷を負ったのは確かなわけで。

「なんにしても気をつけるんだよ。まだ、宇佐美さんのことが解決していないわけだし」

「宇佐美さん？　ああ、私の親友のお兄さんって名乗った人のことだよね。そもそも親友って誰のことを言ってるんだろう」

「心当たりないんだよね？」

「まったく」

首を横に振ってから、咲良は唇を尖らせた。

「やっぱりその人が嘘をついてて、ストーカーだったたってことかな。春哉くんが何回か見たっていう茶髪の人も同じ人ってこと？」

「それはわからない。でも、あの手紙を最後に宇佐美さんも現れないってことはそうだったのかも」

悔しい気持ちが口のなかに滲む。よく考えたら、最初に会った夜は僕のアパートの偵察に来ていたわけだし、毎回偉そうな態度だった。なんでもっと疑わなかったのだろう、とあの日の自分を責める。

「僕は顔を覚えているし、もし次現れたらすぐにわかるから」

「でも危ないことだけはしないでね」

至近距離で眉をしかめる咲良を愛おしいと思う。こんな気持ちをまた持てたことは奇跡に近いことだ。キスをしたい衝動は明日に回し、マンションのエントランスを抜けて荷物を渡す。昼過ぎの太陽が咲良の頬に当たっている。

「明日のバレンタインデーは期待してね」

「うん。今日は午後から仕事になっちゃってごめん」

「いいの。月曜日は有給まで取ってくれたんだから、明日とあさって、三日間も一緒にいられるなんて幸せ」

　僕も同じ気持ちだよ。エコバッグを渡し、咲良がエントランスのなかに入るのを確認して歩きだす。外にいくら冷たい風が吹き荒れていても平気だった。

　恋は人の心を何倍にも強くさせるものなんだ。今ならラスボスにだって余裕で勝てそうなほどの力を感じている。


　休日出勤の会社はいつもと雰囲気が違う。

　ほとんど人のいないフロアでパソコンに向かうと、いつもならさみしい気持ちになっていたはず。それを咲良が変えてくれたんだ。今はキーボードの音すらも音楽のように心に平安を与えてくれている。

「なんだ、いたのか」

　声に顔をあげると、橘が出勤してきた。いつものスーツ姿ではなくセーターにジーパンという軽装で、手にはファストフードの包み紙があった。

橘のキーホルダーを見た日から、疑いが先行してしまってうまくしゃべれなかった。幸い、橘も担当しているゲームの納品日が近づき忙しそうだったので、僕の様子に疑問を持つこともなかっただろう。

「お疲れ様。橘も休日出勤だったんだ」

久しぶりの会話だからか緊張してしまう。

「そういうつもりじゃなかったんだけどさあ、ちょうど嫁も実家に戻ってるから遅れを取り戻さないとな」

がしゃんとデスクの上にキーホルダーを置くと、パソコンを起動している間にもしゃもしゃと橘はハンバーガーを食べだした。猫のキーホルダーがちょうど視界に入る。

ストーカー問題は解決したけれど、過去の事故については未だわかっていない。思い出そうとすると頭が痛くなるし、今が幸せならそれでいいとも思えた。

なのに、橘のキーホルダーから目が離せない。あの夜、僕を車で撥ねた犯人が持っていたキーホルダーを、なぜ橘が持っているのだろう。

あれからずっと気になっていて、ひょっとしたら橘が犯人なのではないかと疑って、否定して、また疑うことのくり返し。

もちろん、似たようなキャラがないか調べたし、ネットでも検索をした。が、世の中に猫グッズはあふれていて、どれだけ探しても同じ物は見つからなかった。二年も前の物だし、廃盤になっているのかもしれない。それにもし橘が犯人だとしたら、キーホルダーを持ち歩くだろうか。

もし、次にふたりで話せる機会があれば尋ねてみようと決めていた。こんな勇気を持てたのも、咲良と気持ちが通じ合えたからかもしれない。

キーボードに置いた手を膝に移動し、背筋を伸ばした。

「なあ、橘」

声をかけるとコーラを一気に飲んでいた橘がひょいとディスプレイの横から顔を出した。

「あの、さ……。聞きたいことがあるんだけど」

「ん」

一文字で答えた橘は、次のハンバーガーの包み紙を開けているみたい。カシャカシャと紙をこする音がした。

「そ、そのキーホルダーって、どこで買ったの？」

なんでもないように言うつもりが、つっかえたうえに棒読みになってしまった。

奇妙な間。どんな表情をしているんだろう、と顔をあげると橘は困惑したような顔になっていた。ぽかんと驚いているようで、だけどどこかうれしそうでもある。

やっぱり橘が僕を……？　いや、まだ助けにきてくれた人だったことも考えられる。ぐるぐると回る思考のなか、橘は「ああ」と短く息を吐いた。

「これのこと？」

うなずくと橘はもう困った顔を隠さなかった。キーホルダーを手に取り僕の隣の席に座ると、無言で差し出してきたので受け取った。プラスチック製なのだろう、ついている鍵の何倍も軽いそれを手にする。

直径十センチくらいの透明のプラスチック板にキジトラが丸くなってうたたねをしているイラストが印刷してある。尻尾だけデフォルメされ大きく描かれているキーホルダー。

心臓が嫌な音を立てた。

――やっぱりあの事故の夜に見たものと同じだ。

「このキーホルダーについてなにか思い出したってこと？」

橘の声にハッと顔をあげた。もしも橘が犯人だったとしたら、僕が気づいていることを悟ったのかもしれない。

だが、予想に反し、目の前にいる橘は眉をハの字にさげて悲しみの色を浮かべていた。

「あ、うん。見たことがあるな、って……。これ、どうしたの？」

「俺が言ってもいいのか？」

含みを持たせる言いかたに、一瞬迷いが生じる。それでもこれからも橘と一緒に仕事をしていくには、本当のことが知りたかった。

うなずく僕に橘は「参ったな」と頭をかいてから、すうと息を吸った。

「それ、お前が俺にくれたんだよ」

「……え？」

「やっぱり思い出せないか。なあ」

ギイと椅子が鳴り、橘が顔を近づけた。

「事故のときのこと覚えてないって言ってただろ。本当に言ってもいいのか？　忘れたいから消した記憶だろうに」

繰り返される質問にぞわっと足もとから恐怖が這いあがってきた。それでも、一度した決心に変わりはなかった。

「……いいよ。ちゃんと知りたいんだ。知っていること、全部話して。どうして僕が橘にこれをあげたの？」

ん、とうなずくと橘は目線を斜め上に向けた。

「いつだっけ……。四年くらい前に、春哉に好きな人ができたろ？　絵理花さんだっけ？」

「え……。僕、絵理花のことを話していたの？」

「俺は会ったことなかったけど、たまに話してくれたろ。めっちゃうれしそうだったし、とにかく夢中って感じだった。そのときにお前が俺にくれたんだ。絵理花って子が作ったグッズだって。うれしそうに話してたぜ」

混乱している頭のなかで、手のなかにあるキーホルダーの映像が浮かんだ。

――郵送で届いたキーホルダーはいくつあった？　彼女を喜ばせたくて五個は買ったような気がする。

断片的な記憶のかけら。

「なんでも絵理花さんは動画サイトに猫をアップしてて、オリジナルグッズとしてこれを作ったとかなんとか説明してたっけ。ほら、こういうのって最近は誰でも作れるじゃん」

「じゃあ、僕がそれを橘に……？」

　意外な話の展開に今度は僕が困惑しながら聞くと、そうだ、とうなずいた橘が「まあ」と口を開いた。

「結局お前は大失恋して憔悴しきってたから、その話題はタブーになったってわけ。俺も思い出させたくなくてキーホルダーを外してたんだぜ。去年の春くらいかな、使ってたやつが古くなったときに、部屋にあったこれに戻したんだよ。今言われるまでお前にもらったことも忘れてたわ」

「じゃあ、事故のときは――」

「事故？　それは、もう二年前のことだろ？」

　そうだったと思い出す。

「なんにしても、そうやって少しずつ思い出せるのはいいけどさ、つらい失恋まで蘇るのはつらいよな」

「あ、違う。僕はもう全然大丈夫だよ」

　疑いの目を向ける橘に咲良のことを話したい。が、どこか躊躇があるのは、やはり過去の大失恋のせいだろうか。

「ほんとに？」

　体から力が抜けるのがわかった。橘が犯人じゃなくてよかったと安堵するとともに、疑ってしまったことを申し訳なく思う。

「ま、なにかあったら俺に言えよな」

僕の肩をポンと叩いて橘は自分のデスクへ戻った。まだ胸が騒がしい。

自分で買ったキーホルダーなら、僕自身も持っていた可能性が高い。だとすると、あの事故の夜に見たのは、僕のキーホルダーを手にした人なのかもしれない。

なんだ、と少し気持ちが落ち着く。

こうしてひとつずつ過去の清算をしていけば、いつか思い出せる日が来るかもしれない。不思議と頭痛も起きていないし、すべてが僕を応援してくれているみたい。

恋は人を精神的にも前進させるのかもしれない。早く、明日になってほしい。咲良に会いたい。


「なにかいいことでもあったの？」

マリさんの声に半分眠っていたことに気づいた。加湿器からもうもうとミストのあがる施術室、ベッドの下にはシーナの尻尾が見えている。

「え？　いいこと、ですか？」

「だって体がすごくリラックスしているし、前は岩みたいだった凝りもずいぶん柔らかくなっているから」

　腰を揉むマリさんに、言われて気づく。たしかにこの数週間、あれほどひどかった体の痛みを感じることがなかった。

「たしかに最近、体の調子はいいですね」

「恋人でもできた？」

「まさか」

　瞬時に答えてから、もう少し間を取ったほうがよかったかもと反省する。マリさんにも橘にも咲良とのことは言わないと決めたのだ。

　前からそうだった。自分から恋を口にしないのは、失ったときにより大きなダメージを受けそうだから。

　絵理花のときも、結局橘のほうから『恋人でもできたか』と尋ねられたっけ。自分が顔や態度に出やすいのは気づいていたけれど、体にまで現れているんだな……。

「頭痛のほうは治まっているの？」

「はい。それも最近感じないですね」

「へえ」と口にしてからマリさんは肩のマッサージに移った。ほどよい力で揉みながら、

「それなら昔のことを少し思い出してもいいんじゃないかしら？　もちろん思い出さなくてもいいけど、体の調子がいいときに一気にやったほうがいいわよ」

とやさしく進言してくれた。

「思い出したくないから忘れたのかもしれないし、もうこのまま忘れちゃってもいい気もしているんです」

「本心で春ちゃんがそう言ってるならいいけど、思い出したいからこそ体に異変が生じてるんだと思うけどね」

言われてみるとそんな気もしてくる。いつだって僕は人の意見に流されてばかりだな、と苦笑した。

「できますかね？」

「回想法、っていう施術の一種なんだけどね、思いついたまま過去の映像を言葉にするの。それだけでもずいぶん違うと思うけどな。ま、嫌だったらやめればいいわけだし、心の声でもいいのよ」

加湿器のしゅんしゅんという呼吸、ヒーリング音楽の流れる薄暗い部屋。目を閉じれば、すぐに浮かぶ絵理花の顔。ふいに、彼女が僕にくれた言葉たちが聞こえた。

『すごくうれしい』

『私も会いたいよ』

『え、こんなにたくさん買ってくれたの？　春哉くんありがとう』

『どうしたらいいのかわからないの』

『もう、二度と連絡しないで』

『さようなら』

最初は愛にあふれていた言葉も、やがて悲しい別れが訪れる。そう、恋の最後はいつだって悲劇なのだ。

といっても、結局僕たちは恋人にはなれなかったけれど。永い片想いを受け止められるようになったのは、咲良がいたから。

新しい恋に生きる自分が誇らしい。きっと今の絵理花が知ったなら応援してくれるだろう。

そうだよね、絵理花？

バレンタインデーの朝は快晴だった。

約束の十一時になる前に、浜松駅前にある駅ビル、メイワンへ寄ることにした。咲良と三度目に会った場所だ。

地下にあるスーパーで買い物をし、肴町にあるタルト専門店で予約していたフルーツタルトを受け取ってから向かう。

昨日の夜は本当によく眠れた。マリさんのおかげだし、咲良のおかげでもある。思えば、橘のくれた真実だって安眠に一役買ってくれた。いろいろな過去がつながり現在へと続いているんだ。

咲良のマンションの外壁が見えてきた。その上には冬の太陽が低い位置で光っている。会いたい気持ちは募るばかりで、これからもどんどん育っていき、きっと僕を幸せにしてくれる。長い冬が終わり、一気に真夏になったような気分。

マンションの入口に近づくと、誰かがオートロックドアの前に立っていることに気づいた。見覚えのある男性のうしろ姿に思わず体が硬くなる。

向こうも誰か来たことに気づいたのだろう、振り向くと同時に鋭い目を向けてきた。

「宇佐美、さん？」

久しぶりに会った宇佐美はあいかわらず黒いビジネスコートに身を包んでいる。

「鈴木春哉」

そう言ったとたん、右手を伸ばし僕の胸ぐらをつかんできた。

「お前、なにかしたのか？」

「え……」

「咲良になにかしたのか！」

怒号をあげる彼の手を咄嗟に振り払っていた。思ったよりも簡単に外れた手に、宇佐美のほうが驚いたようでぽかんと自分の右手を見ている。

「なんですかいきなり」

あとずさりをしながらタルトの包みを持ち直した。絶対にフルーツが落ちてしまったに違いない。憎悪にも近い感情が湧きあがるのを感じた。

「宇佐美さん、あなた誰ですか？　咲良はあなたなんて知らないと言っていました」

「な……。お前、しゃべったのか？」

あからさまに狼狽する宇佐美に怒りが抑えられない。

「咲良の親友の兄だなんて嘘をついて――。やっぱり咲良のストーカーってあなたなんじゃないですか？」

「…………」

「そうじゃなかったら説明がつきません。もう、咲良には関わらないでください。警察を呼びますよ」

誰か来ないかと期待したけれど、ほかに人の姿はなかった。

宇佐美は殺意のこもった目で僕をにらんでいたが、やがて体中で息を吐いた。

「警察でもなんでも呼べばいい。俺は咲良が心配なだけだ」

勢いをなくした宇佐美を横目で見ながら、入口のドアを開け中へ入るが、宇佐美はついてこなかった。

呼び出しパネルで咲良の部屋番号を押した。しばらく待っても反応がない。続けてもう一度押すが同じだった。

スマホで咲良に電話をかけるが電源が入っていないらしくかからない。

──嫌な予感がした。

メールやSNSで話しかけてみても反応がなく、どんどん気持ちが焦り出す。

表に出ると、「な」と宇佐美が言った。

「そんなはずがないんです。今日家に行く約束をしていたのに……」

「ひょっとしたら咲良の身になにか起きたのかもしれん。まさかとは思うがストーカーが部屋に押し入ったとか」

「オートロックのマンションですよ。そんなことありえません」

宇佐美は僕の主張を「アホ」と切り捨てた。

「そんなもん、誰かのあとについて自動ドアを抜ければ済むだろ。なんなら、一階の手すりを越えても入れる」

　あきれた顔の宇佐美に思わずムッとしてしまうが、今は咲良のほうが先だ。

「あなたを信用したわけではないです。だから、一緒には来ないでください」

「俺は俺のやりかたでなかに入るさ」

　そう言うと宇佐美は急ぎ足で建物横の小道へ消えた。

　もう一度スマホで咲良に電話をかけるがやはり通じない。誰か、マンションの住人が来ることを願ったがそれもない。

　先ほど宇佐美が指した一階の廊下を見る。たしかに高さはあるが登れないほどではない。宇佐美はそこから入っていったのだろうか。

　こうしている間にも咲良になにかが起きているのかもしれない。周辺を確認してから素早く手すりに近づき、よじ登った。廊下へ入るとそのまま階段をかけあがる。

　咲良の部屋の前に行くが、意外にもまだ宇佐美は到着していなかった。インターホンを押すが反応がなく、ドアノブに手をかける。抵抗もなく開くドアに思わず手を離してしまった。

「咲良……」

　体から血の気が引くのがわかる。もう一度ドアを開くが玄関に咲良の靴はなかった。

にゃお、とハナが鳴きながら出てきたので抱きかかえる。

「咲良！」

声を出しリビングへ向かうと、

「おい、開けろ！」

急に宇佐美の声がして悲鳴をあげそうになった。見るとバルコニーの窓の向こうに宇佐美が立っていた。

「信じられない。壁をよじ登ったんですか？」

「なに、簡単さ」

鍵を開けなかに入れると、抱いていたハナが驚いて腕から飛び出し、部屋の隅まで逃げていった。

「かわいくねー猫だな」

と言ってから宇佐美は部屋のなかを見渡した。

「咲良は？」

「いません……」

「ほかの部屋もあるだろう」

バルコニーで靴を脱いだ宇佐美が寝室へのドアを開けようとするので思わず止めそ

うになった。でも、今はそんなことにこだわっている場合じゃない。

はじめて入る咲良の寝室はベッドと箪笥がひとつ置いてあるだけだった。ここにも咲良の姿はない。

リビングに置かれたテーブルに彼女のノートパソコンが置いてある。違和感を覚えたのは画面がさっきまで使っていたように開かれていたから。電源ボタンにＬＥＤが灯っているということはスリープモードということだろう。

宇佐美も気づいたらしく僕のうしろからパソコンを覗きこんだ。マウスに触れたとたん、すぐに表示される画面にはメッセージが記されていた。

❄

鈴木春哉へ
過去を思い出せ
あのマンションで咲良とふたりで待っている

「なんだよこれ……」

❄

宇佐美の声のつぶやきが耳に入っても身体がジンとしびれていて反応できなかった。

画面に並ぶ文字が揺れているのは、僕の身体が震えているからだとようやく気づいた。

「どういうことだよ、なあ」

「あ……」

全速力で走ったあとみたいに息が苦しい。

「ストーカーに連れ去られた、ってことか？　お前の過去ってなんのことだよ」

ゆるゆると宇佐美を見あげた。

「自分でもわからないんです。覚えていないんです」

「ふざけんな！」

激高する宇佐美に胸ぐらをつかまれても、思考の迷路から抜け出せない。僕が記憶を取り戻せないから咲良がストーカーに連れ去られた？　いったいなにが起きているのかわからない。

「どうしても思い出せないんです」

「咲良が連れ去られたんだぞ！　記憶喪失ごっこをしている場合かよ！」

怒号に晒されてもなにも思い浮かばない。ただ、咲良の笑顔があるだけ。脳裏で彼女の顔がぼやけ、気づくと涙があふれていた。

宇佐美とこんなことをしている場合じゃない。

身体を起こしてスマホを手にしたとたん、宇佐美に乱暴に奪い取られる。

「返してください！　警察に、警察にっ」

泣き顔を見られたって構わなかった。

「警察に言ったら全部終わりだろうが」

「そんなの犯人にはわかりません！」

必死で手を伸ばす僕に宇佐美はイラつく顔を隠そうともせず、スマホを持っていないほうの手で首をつかんできた。すごい力で絞めあげられ、息ができない。

「いいか、もしこの部屋にカメラが仕込まれていたらどうなるんだよ」

態度とは裏腹に諭すような口調だった。

「こういう犯人は刺激しちゃダメだ。頼む、なんでもいいから咲良を連れ去ったヤツにつながる情報を思い出してくれ」

「あ……」

そうだ……前にストーカーの居場所を特定したじゃないか。宇佐美の腕をほどいて右手を差し出す。

「スマホを返してください。そこに住所が載っています」

「は？　誰の？」

もどかしく説明をすると宇佐美の顔色がサッと変わった。返してもらったスマホに住所を表示させると、宇佐美はさっさと窓の外に出ていった。

「待ってください！」

「俺は先に行く。念のためこれは預かっておくから」

いつの間にまた取られたのか、宇佐美の右手には僕のスマホがあった。僕が口を開く前に宇佐美の身体はバルコニーから消えていた。

その場に力が抜けたように座りこむ。

咲良が誘拐された……。そんなことが実際に起きるのだろうか。タルトの入った箱は、さっき倒れた勢いでつぶれていた。隙間から見えた彼女と食べるはずだったタルトは、フルーツが雪崩を起こして無残な姿になっている。

「こんなこと、している場合じゃない」

自分に言い聞かせ立ちあがった。あのマンションへ行くには、まずはタクシーを呼ばないと。

ヨロヨロと部屋を出て階段をおりた。一階につくと真冬の風が責め立てるように吹きつけてくる。

急がないと。気持ちとは裏腹に、なかなか足は前に進んでくれない。

ようやくタクシーがマンションに到着すると代金を支払うのももどかしく飛び出す。

やはりこの古いマンションに入るとき、エレベーターに乗るときまでも既視感がある。

ここに、前に来たことがある。そう思った。

でも今はそれよりも咲良を助けないと。どうか無事でいてほしい。

のろのろと進むエレベーターがやっと五階に到着し扉が開く。駆け出そうとした瞬間だった。すごい衝撃を胸に受け、気づくとその場に膝をついていた。

激しい動悸に胸が痛い、痛くてたまらない。

ぐらりと揺れる廊下。間違いなく、この景色に見覚えがある。

どこで、誰と、いつ？　たくさんの疑問が洪水のように押し寄せてくるけれど、思い出してはいけないと誰かが叫ぶ声も聞こえる。

ここでいったいなにが……？

手すりに助けられながら立ちあがると、目的の部屋を目指した。まずは咲良の無事を確かめないと。過去にここでなにがあったかなんて、あとでいくらでも考えられるのだから。

５０４と書かれた表札を確認するとともに、まっすぐにこの部屋の前まで来られたことに愕然とする。

「やっぱりここに来たことがあるんだ……」

インターホンを押そうとして、指を引っこめた。宇佐美はまだ来ていないのか、それとももうなかにいるのだろうか。

そっとノブをさげ、引いてみると抵抗なくドアが開く。カーテンが引いてあるのか薄暗い。玄関を開けると、すぐにドアがあり、その向こうにリビングが目に入った。

声をかけるべきか、このまま行くべきか。

しばらく迷ってから無言のままそっと靴を脱いだ。

――ギイ。

きしむ床に息を詰め、リビングのドアノブをつかむ。上部がすりガラスになっていたので、そこに映らないように身をかがめて一気にドアを開けた。

なかは暗くてよく見えないけれど、家具などはなにもないように見える。ひどく埃っぽくて空気がよどんでいる。

右側にドアがあるのが咲良の部屋と同じだ。まるで彼女の部屋が何十年か経って風化したような既視感。

そっと右手にあるドアに耳を押し当てると、布のこすれるような音が聞こえた。いや、これは幻聴なのか？　もしも犯人がいるのなら、ひとりではとうてい無理だ。宇佐美はまだ到着しないのだろうか。

「……助けて」

泣き声が聞こえた瞬間、考える間もなく寝室のドアを開けていた。暗い部屋のなか、床に人が横たわっているのが見えた。どんなに暗くてもすぐにわかる。咲良だ。

ああ、よかった。無事でいてくれたんだ！

「咲良！」

叫ぶと同時に咲良が聞いたことのない悲鳴をあげた。部屋の電気をつけようと壁のスイッチを押すけれどなぜかつかない。部屋の奥まで進み、カーテンを開くと一気に部屋がまぶしくなった。瞬時にあたりを見るも、咲良以外誰もいない。

「咲良、僕だよ！　咲良！」

「いやあああああ！」

あまりの恐怖に我を忘れて叫ぶ咲良。手足はガムテープで巻かれていて、剝がそうとするそばから激しく暴れ、剝がせない。

「誰か、助けて！」

「僕だよ、咲良。わからないの？」

長い髪を振り乱しながら逃げようとする咲良の足をつかむ。

「いや！　やめて！」

勢いよく立ちあがった咲良が、足のガムテープのせいで激しく床に転倒した。それでも逃げようともがく姿に、なにが起きているのかわからない。

ふいに叫ぶような声が遠くで聞こえた。よかった、宇佐美が来たんだ。

ホッとすると同時に咲良がまた悲鳴をあげ、壁に自分から思いっきりぶつかった。すごい音とともに咲良が床に倒れる。

恐怖で錯乱しているのだろうか。

「咲良、今助けるから！　しっかりして！」

細い肩をつかむと同時にドアが開けられた。

何人かの男がなだれこんできたかと思うと、怒号とともに僕は咲良から引きはがされ、気づくと床にねじ伏せられていた。

部屋の外にはいつの間にか警察官が数人立っている。

あまりに現実離れした状況に理解がまったく追いつかない。と、咲良の隣にいる警官が「冬野咲良さん」と僕の彼女の名前を呼んだ。

「君はストーカーに誘拐されたんだね？」

「はい」

震える声で答える咲良に僕はうなずいた。早く真実を話してほしい。腕がもげそうなほどねじりあげられていて痛い。

「そのストーカーはこいつか？」

次の瞬間、咲良はその美しい指を指揮でもするように顔の高さにあげた。そして僕を指さし、はっきりと言った。

「はい。この人です」

第七章　僕たちは罪のなかで

あれからどれくらい時間が経ったのだろう。

もうわからない。なにもかもわからない。

狭い窓のない部屋で、何度も同じ説明を繰り返した。呪文のように繰り返す説明を、刑事たちはイラつきを隠せない顔で聞いていた。

僕の説明を飽き飽きした顔を隠そうともせずに聞き終わると、彼はまた不敵な笑みを浮かべる。

「お前が冬野さんのストーカーだということはわかっている。彼女のブログへの嫌がらせ、ファンサイトの設立、さらには手紙の数々。すべてお前がやったことだろ?」

定型文のように同じ質問をされ、僕は必死で否定する——その繰り返し。

まるで映画の同じシーンを繰り返し見ているようで、現実感がないまま時間が過ぎていく。

咲良が縛られていたガムテープの指紋、防犯カメラの映像など証拠品は揃っているらしい。あのマンションも、この五年ほど空き部屋だったとも聞いた。

留置所と呼ばれる鉄格子で囲われた畳部屋で、考えるのはひとつだけ。

咲良は無事なのだろうか。

なぜ、咲良は僕をストーカーと言ったのだろう。極度の緊張のせいで混乱していただけならいいけれど……。

もうすぐ咲良が間違いに気づき、迎えにきてくれるはず。そう信じていたから、面会者がいると看守に言われたときも思わず笑みが浮かんでしまった。

ああ、やっと咲良が来てくれた。ここを出られるんだ。

久しぶりにホッとした気持ちで面会室のドアを開けると、アクリルガラス越しに座っているのは見たことのない黒縁メガネをかけた女性だった。三十代くらいだろうか、ひとつにまとめた髪で姿勢よく座っていた女性が僕を認めて立ちあがって礼をした。

「鈴木春哉さんですね。弁護士の波多野優香（はたのゆうか）です。よろしくお願いいたします」

はっきりとした発音に気圧されるように、僕も頭をさげた。

「……よろしくお願いします」

「今回の事件について担当させていただきます。よろしくおね――」

「待ってください」

挨拶の途中でそう言う僕に、波多野さんは手元で開いたパソコンから目をあげた。

「やっぱり僕が……咲良を誘拐したことになっているのですか？」

「はい」

「そんな……。おかしいですよ。僕はなんにもしていないのに、なぜ?」

「それを聞くためにおうかがいしました。最初から詳しく説明していただけますか?」

事務的にそう言う波多野さんが手元に置いたノートパソコンに両手を載せた。

「最初から……」

「私には本当のことを話してくださって構いません。むしろ、すべてを話していただくことで、今後の弁護方針が変わります」

うなずいてからこんがらがった頭のなかを覗いてみる。咲良にはじめて出会ったときのこと、ストーカーがいるようだったのでブログ更新の指導をし、やがてつき合うようになったこと。そしてストーカーから守ったことなどの話をする。

刑事と違い、波多野さんは時折「それはどういう状況ですか?」「もっと詳しく」などと聞いてくれたので、ずいぶん時間がかかったけれど、信じてくれていることが伝わりうれしかった。

すべて話し終わると波多野さんはしばらく考えこんでから、

「おかしいですね」

ひとり言のようにつぶやいた。

「おかしいことだらけです。なぜ僕がストーカーなんですか？　僕と咲良は恋人だったんです。一緒に買い物にも行きましたし、レストランでランチも……。なのにどうして咲良は僕をストーカーだと言ったんですか」

「つき合ってたことを証明することはできますか？」

「証明？」

「たとえばラブレターが家にあるとか、写真があるとかですね」

波多野さんの言葉にハッとする。

「スマホを見てください。僕のスマホには彼女とやり取りしたメッセージが――」

「ありませんでした」

その言葉は死刑宣告のように響いた。波多野さんはパソコンを操作すると、ため息をこぼした。

「あなたのスマホは警察に押収されています。今のところ、あなたが冬野さんに電話をかけた痕跡はあるものの、メッセージのやり取りなどはなかったと聞いております」

「そんな……。そんなはずがない！」

思わず立ちあがる僕を、波多野さんは観察するようにメガネ越しにじっと見つめている。

「そうだ、宇佐美が僕のスマホを持っていったんです」

「宇佐美……先ほど出てきた冬野さんの親友の兄にあたる人物ですね。その人の存在も確認できないままです」

「じゃ……じゃあ、警察はどうやってスマホを押収できたんですか？」

おかしいことだらけだ。きちんと話せば誤解が解けると信じていたのに、余計に混乱している。

まるで僕はピエロみたい。ありもしない現実を必死で口にしている……。

波多野さんはさっきよりも顔を近づけた。

「全部、鈴木さんの妄想と警察は見ているようです。冬野さんとつき合っていたというのも、勝手にあなたがそう思い込んでいた、と」

「そんな……」

呆然として椅子に腰をおろすと、ひどく疲れていた。

「僕は……頭がおかしいのでしょうか？　本当の僕は咲良につきまとうストーカーだったのでしょうか？」

そう考えれば、刑事らの対応も納得がいく。

だとしたら精神鑑定をして病院へ送られるのだろうか？　たまにニュースでは見るけれど、自分がその立場になるとわかる。自分が正しい世界を見ているかどうかなんて誰にもわからない、ましてや証明することなんて不可能だということに。

「咲良は萩原という中央署のかたに相談していたそうです。それも、実在しない人なのですか？」

「萩原という名前の警官は数名いるそうですが、県内に該当する人は残念ながらおりませんでした。冬野さんが相談していた中央署の刑事は女性ですし、萩原という名前ではありません」

――虚構の世界で僕は生きていた。否、今も生きている。

「鈴木さん」

声に顔をあげると、波多野さんがアクリルガラス越しに顔を近づけてきた。

「私はあなたの弁護人ですから言われたことを信じます。それに、この話はどうもおかしい気がします。必ず調べてみますから、なにかほかに冬野さんの証言が嘘だと思える証拠を思い出せませんか？」

真剣な表情に彼女が僕を信じようとしてくれていることがわかった。そうだ、ここで僕が弱気になってはいけない。

「……咲良のマンションの防犯カメラの映像はどうですか？　何度も通っていますし、あそこはオートロックです。もし僕がストーカーだったとしたら部屋には入れませんよね？」

「たしかにそうですね。警察は冬野さんの証言を信じきっていて調べていないでしょうから、当たってみます」

ふたりで行った店の名前も思い出せる限り伝えた。

暗闇に支配された世界に、わずかな光が見えた気がした。


どれだけ待っても咲良は迎えにこなかった。

波多野さんもあの日以来、姿を見せない。毎日の取り調べのなかで『ひょっとしたら自分がおかしいのでは』という思いも強くなっている。

弁護人がついたことで、担当刑事は詳しく事件について語ってくれた。

咲良は前から僕のことを女性刑事に相談していた。ブログのファンがしつこくつきまとってくる、と。個人サイトまで立ちあげられ、父親のこととも知らされた。さらには誘拐され、マンションに監禁された。

ストーカーである鈴木春哉に誘拐された咲良は、僕の隙をついて警察に電話をかけた。かけたのは僕があの日、宇佐美に奪われたスマホからだったそうだ。

警察が乗りこむと、咲良を襲っている僕を発見し、逮捕。監禁されたマンションの部屋からも咲良の部屋からも僕の指紋が検出されている。

なぜ咲良はそんな嘘をついたのだろうか。

それでも咲良を信じたい気持ちは消えない。愛を語り合ったふたりがこんなふうに引き裂かれるなんてありえない。

きっとなにか理由がある。やはり宇佐美が犯人だったのだろうか……。

あれほど疑っていたのに、なんで僕は最後、あいつを信じたのだろう。悔しさで寒さなんて感じなかった。

もし、彼女との会話も、一緒に過ごした時間もすべてが僕の作り出した幻だったとしたら？

「ああ」

ため息をつくほどに自分を疑う心は、懺悔の芽を急速に成長させていくようだ。一度生まれた感情は消えるどころか、どんどん大きくなっていく。

そして、なぜか絵理花の顔が浮かんでくる。もう少しでなにか思い出せそうな気がする。頭痛が生まれてもじっと閉ざした過去へ目を向けてみるけれど、やはりなにも見えない。そんなことの繰り返し。

鉄格子のカギを開ける音が聞こえ顔をあげると、

「面会です」

看守がそう言った。

波多野さんが来てくれたのかもしれない。部屋から出て歩き出すが、足に力が入らずフラフラする。

前回とは違う部屋のドアを開けられ中に通される。なかには誰もいない。

前に波多野さんと会った面会室よりも少し大きな部屋だった。壁も長テーブルもすべてが白色で統一されていて、まるで宙に浮かんでいる感覚になる。面会者との間にあるアクリルボードの下は直径三十センチ、高さ十五センチほどくり抜かれている。

「面会中は看守の立ち合いはありません。壁にあるカメラで面会者の安全は見守りますが、音は拾いません。個人情報は守られていますのでご安心ください。ただし危険行為があったとみなされる場合や、面会者が緊急ボタンを押した場合はそこで面会中止となります」

そう言うと看守は出ていってしまった。

これは……どういうことだろう?

ゆっくり椅子に腰かける。波多野さんがなにか調べてくれたのだろうか。それとも、橘が心配して……。いや、刑事の説明では会社へ逮捕された連絡はいかないとのことだったからそれはないだろう。

しんとした空間の向こうに一枚のドアがある。やがてそのドアが音を立てて開いた。白い空間に入ってきたのは、咲良だった。

「咲良！」

立ちあがって叫ぶ僕に、咲良は壁に設置されたカメラを見やった。そうだ、カメラがあるんだった……。

グレーのコートと白いマフラーを椅子にかけると、咲良は無表情のまま前の席に座った。気づけば僕も同じように腰をおろしていた。

「咲良……無事だったんだね」

手を伸ばそうとして思い留まる。ひょっとして、これも僕のおかしくなった頭が見せている幻なのだろうか……。

久しぶりに会えた咲良の美しい頬に、黄色く変わった打撲痕があった。あのとき、壁に打ちつけたときについた傷だろう。

心の奥に芽生えた懺悔の感情は、さっきよりもずっと大きくなっている。嫌な予感がどんどん体と心を侵食しているみたいだ。

「どうなっているのかわからないんだよ。警察は僕が咲良のストーカーだって言い張るし、宇佐美も、萩原っていう刑事も存在しないって……」

咲良は唇を結んだままで、僕の胸あたりをぼんやりと見ている。

「それに咲良もあの日、僕のことを……」

言葉を止めるとしんとした空間だけがあった。まるで一方通行で話をしている気分になる。

「鈴木さん」

咲良はそう言った。まるで他人のような呼び方に胸がズキッと痛みを覚えた。

「今日は誰にも言わずにひとりで来たの」

久しぶりに聞く咲良の声がうれしくて、うなずきながら涙をこらえるのに必死だった。

「いったいなにがあったの？　僕は本当に咲良のストーカーだったの？」

咲良は迷うようにうつむくと、やがて「ううん」と言ってくれた。

「全部……私が考えたシナリオだった」

そう言った咲良はギュッと目を閉じ、苦しげに首を横に振った。

「〝鈴木さんと偶然出会った冬野咲良はストーカーの被害に遭い悩んでいる。鈴木さんは、私を助けるうちに恋に落ちていく。そして、いちばん幸せなときに、ストーカーとして逮捕される。〟そういうシナリオだったの」

「え……」

無理に笑おうとしている僕は、心と体が連動していないみたい。

冗談だよ、という言葉を期待しても彼女が真実を言っていることが伝わってくる。

頭が、痛い。

「鈴木さんと会ったのも、恋人になったのも偶然じゃない。そうなるように仕向けたの。はじめて夜中にメールをしたときのこと覚えている？　牛乳箱をわざと蹴って音を立てたのも私なんだ。外を確認したあなたに『月がきれい』ってメールを送った」

つぶやくような声。情報処理ができないままアクリル板に手を当てても斜め下を見たまま咲良は僕を見ない。見てくれない。

「それって……全部、演技だった。そういうこと？」

答えない咲良にもどかしい気持ちが騒ぎ出す。彼女はきっと嘘をついている。

僕に笑いかけてくれたのも、助けを求めたのも、好きだと言ったのも、嘘だったなんて信じられないよ。

「じゃあ……咲良のストーカーや宇佐美さん、萩原さんも？　萩原さんには会ったことはないけれど、残りの人は実在していたはず」

整理するためにもっと情報がほしかった。咲良はじっと考えるように黙っていたけれど、やがて決心したように顔をあげた。目が合う。悲しみをいっぱいに浮かべ、だけど必死で抑えているように思えた。

「シナリオのなかで、私はストーカーの被害に遭っている設定だった。茶髪の男性、私の親友の兄である宇佐美、さらに萩原さん。三人は同一人物で、全部萩原さん。茶髪のストーカーと宇佐美は萩原さんが演じてくれたの」

「な……。でも、萩原なんて刑事はいない、って――」

「静岡県にはいない。萩原さんは警視庁でサイバー犯罪対策課に所属している」

「警視庁？」

「だからいくら探しても静岡県では見つからない」

さっきよりも平坦な声になった咲良は、そのあと「ふ」と小さく笑った。

「萩原さんは茶髪のかつらを被り、私のストーカーとして鈴木さんに認識させる。その後は、私の知り合いの〝宇佐美〟として現れる」

「なんのために……？」

喉がカラカラに渇いていた。

「あなたを最後のシーンに誘導するために。鈴木さんを叱り、ほどよく脅すことであなたの気持ちが私に向くようにしてくれた」

今にも立ちあがりたくなるのをギリギリで持ちこたえる。

「サイトを作成してくれたり、ＩＰアドレスを変えたのも彼なの」

「じゃあ、咲良にストーカーはいなかった。そういうこと？」

「ええ」

「そっか……それならよかったよ」

つい出た感想に、咲良はビクッと体を震わせた。さっきよりも眉間のシワを深くして「なんで？」と咲良は言った。

「全部嘘だったんだよ。それなのに、なんで『よかった』なんて言えるの？　そんなのやさしさじゃないよ！」

見たことのない怒りの表情に絶句してしまう。自分でもわかったのかすぐに咲良の視線は落とされた。

「今日は、全部話そうと思って来たの。萩原さんは止めたけれど、私が耐えられなかった。どうしても真実を伝えたかった」

ひどく痛む頭を押さえることもできないまま、僕は固まっている。咲良がなにを言おうとしているのかわからないけれど、育つ嫌な予感はどんどん僕を追い詰めていく気がした。

「その前にひとつだけ聞いていい？　鈴木さんは、事故に遭ったとき、記憶をなくしたって言ってたけれど、あれは本当のことなの？」

「あ、うん」

「そう」

ため息とともに言った咲良。

場の空気がふいに変わった気がした。頭痛の波のなか目をこらすと、咲良がトートバッグから四角い物を取り出すのが見えた。これは……タブレットだ。音楽でも奏でるように画面に指を滑らせてから、咲良はアクリルボードの下部からそれを差し入れた。

「前に私が、親友だった子の話をしたことがあったよね。あれは本当のことなの」

「友達がストーカーに遭ってたって……」

タブレットには文字がたくさん並んでいるけれど、視界がぼやけて見えない。見たくない。見てはいけない。心のなかでそんな声がする。

「その親友のお兄さんが萩原さんだったの。私たちは家族ぐるみで仲が良くって、いつも一緒にいた。数年前、親が離婚し、萩原さんは母親の旧姓になった。元々の苗字は……伊増（います）」

「……伊増」

それは、その苗字は……。記憶の扉が鈍い音を立てて開こうとしている。

「私の親友の名前は、伊増絵理花」

静かに、けれどはっきりと声にした咲良は身を乗り出した。

「忘れたとは言わせない。だって、絵理花をストーキングしていたのは鈴木さん、あなたなのだから」

「え？」

体に電気が通ったみたいにしびれている。伊増絵理花……そうだ、彼女は僕の初恋の相手。

「絵理花は私の親友だった」

「親友……？」

「そう」

涙が浮かぶ瞳もそのままに咲良は何度もうなずいた。

はじめて本当に泣いている姿を見た気がした。

前に僕の前で泣いたときとはまるで違う、悔しさや悲しみを隠そうともしない表情。咲良は大粒の涙を頬に放っている。

絵理花とは、僕が片想いをあきらめたことで終わったはず。めまいがするほどの頭痛に耐えながら記憶を辿るけれど、真っ暗な穴が開いているようでなにも頭に浮かんでこない。

「僕は……絵里花に、なにを、したの？」

叫ぶ寸前の恐怖が喉元までせりあがってくる。

「絵理花は動画サイトで『うたたね花ちゃんねる』という飼い猫の動画をアップしていた。どれもたわいないものだったけれど、たまに映る絵理花はかわいくて、少しずつファンが増えていった。あなたもそのひとりだった」

「『うたたね花ちゃんねる』……。それって咲良が――」

「あの猫は絵理花の家から譲り受けたの。元々は、絵理花が動画サイトにアップしていた飼い猫だった。動画は人気で、絵理花はキーホルダーまで作るほどだった。私も親友ががんばっていて、すごくうれしかったし、それが自慢だった」

一気に押し寄せる情報量に飲みこまれていく。なにがどうなっているのかわからない。

「そこに彼女のブログがある。ストーカーに気づいて悩んだ絵理花が書いた非公開のブログ。それを読めばわかると思う」

タブレット画面に目をやると『エリカブログ』と書かれた日記調の文章がある。

ミテハイケナイ。

まだ僕のなかのもうひとりの自分が叫んでいる。それでも真実を知りたい気持ちが勝っていた。

❄

・
10月1日
『うたたね花ちゃんねる』をはじめて一カ月が経った。クラスでも評判で、みんな見てくれているみたい。といってても閲覧数はまだまだ少ないから宣伝しなくちゃ。
11月1日
動画撮影のために肴町に行ったら、カメラが動かなくなった。親切な人が声をかけてくれた。同じカメラを持っているらしくて、いろいろ教えてくれた。さらに、動画を見てくれている人らしく『応援しています』って言われてうれしかった。こんな偶然ってあるんだね。メルアドを交換した。

11月10日
まだ冬のはじめだというのに雪が降っている。この間会った人（春哉さん）にカメラのことを教えてもらいにカフェで待ち合わせ。背景のぼかしかたを教えてもらった。わかりやすい説明で、すごく勉強になった。

11月15日
チャンネル登録者数はあまり増えていないけど、春哉さんが熱心にコメントをくれる。そしてついに今日、春哉さんからメールでコクられた。びっくりしたけど、まだよく知らない人だし。断りのメールにも丁寧な返信が来た。春哉さんっていい人だな。

11月25日
花ちゃんグッズを作ることにしたんだけど、少ない数だと割高になるみたい。たくさん作っても売れないだろうし。結局キーホルダーを20個作ることになる。東京にいるお兄ちゃんに相談したら半分出してくれるって。予約を開始したとたん、春哉さんが5個も買ってくれた。

12月1日
春哉さんから誘われるけど、期末テストも近いし断った。すごく紳士的で「勉強がんばってね」とメールが来た。告白を断ってからもすごくやさしい。
最近、動画のコメント欄が荒れている。元気がないのが咲良にバレ（というか動画のコメントを見て心配してくれていた）、動画のコメント欄をオフにすることになった。春哉さんから連絡がある。コメント欄をオフにしたことを反対されたけど、やっぱり怖くて戻せなかった。

12月6日
キーホルダーが届いた。あまりにもかわいくて、春哉さんに早く見せたくなった。メイワンの7階で待ち合わせ。すごく喜んでくれた。

12月15日
春哉さんから連絡があって『絵理花ファンクラブ』というサイトがあることを知った。うちの吹奏楽部の動画のこととか、『クリスマスイヴにプレゼントがある』って書いてあった。春哉さんはすごく心配してくれた。お兄ちゃんに電話して調べてもらう。海外サーバーを経由しているとかなんとか。

12月24日
サイトに私の家の住所と名前が載っていた。伏字だったけど、見る人が見ればわかる。プレゼントが置いてあるみたいだけど怖くってお兄ちゃんに連絡したら、サイトを強制削除してくれた。プレゼントも見ないで処分しろっていうからそうした。あまりにも怖くて、動画サイトも止めた。咲良には心配をかけるから言えない。

12月25日
名前のないクリスマスカードが届いた。怖くて怖くて破り捨てた。お兄ちゃんが明日東京から戻ってくるのでそれまでは鍵をかけたまま家から出ないことになった。なんでこんなことになるんだろう。

春哉さんからメール。動画サイトを止めたことを怒っているみたい。だけど、私にはどうすることもできない。春哉さんが夕方マンションに来た。お兄ちゃんとの約束だから、インターフォン越しに話をした。話をしている途中で『なんで住所がわかったのだろう』と不安になった。春哉さんは、『サイトに載っていたから』と説明してくれたけど、伏字だったのにな……。きっと私の考えすぎだよね。いろんなことがあって混乱しているみたい。だって、春哉さんはいい人だし。

1月1日
年賀状に交じって無記名のハガキが届いた。ネットのアドレスが書かれているだけのもの。アクセスすると、お父さんが本当のお父さんじゃないって書いてあった。これは嘘、だよね？
お兄ちゃんは、年末に来てくれたせいで、お正月は仕事。でも、こんな恐ろしいことを相談する勇気なんて出ないよ。

1月8日
区役所で戸籍謄本を見た。お父さんは本当のお父さんじゃなかった。なにがなんだかわからない。学校にも行けない。誰も信用できない。電話もメールも怖くて見られない。窓から外を見ていると、春哉さんが立っていた。雨のなかでずっと。怖い。

1月15日
怖かった。もう怖くて怖くて涙が出る。でも、誰にも言えない。

1月16日
昨日、メールで春哉さんに呼び出された。『家族のことで』と言われて出かけたらそのまま春哉さんのアパートに連れこまれた。怖くて泣く私に何度も『好きだ』と繰り返して……。しばらくして、やっと落ち着いてくれた。『もう二度としないから』と言われて解放された。
春哉さんは私を好きなあまりいろんなことをしたと泣いて謝ってくれた。サイトのコメントも手紙もファンサイトも、全部春哉さんがやったんだって……。

1月20日
またなにか起きるんじゃないかって、そればかり気になってしまう。誰かに相談しようと思ってはやめて、警察に行こうとしても決心がつかない。だって、春哉さんはあの日、彼にも父親がいないことを泣きながら言ってくれた。子供のころは、母親から暴力を受けていたって……。あれは嘘ではないと思う。やられたことは許せないけど、全部忘れられるのかな。

2月6日
あれから穏やかな日が続いている。お父さんのことは私にはどうしようもないと思う。咲良も『血のつながりなんかより、もっと深い愛情で絵理花の家族は結ばれているじゃない』って言ってくれた。あれから、春哉さんからの連絡もないし学校にだって行けている。やっと普通の毎日になってきた。

2月14日
どうしよう。今、家に戻ったらマンションの部屋の前に春哉さんがいた。気づかれないように上の階に来た。怖い。怖くてたまらない！　やっと普通に生活できるようになったのに、なんで!?　この記事を書き終わったら警察に49sg@98srh7

突如途絶えた記事に呆然としたまま固まる。タブレットのバックライトが暗くなり、文字が薄くなった。

夢から醒めたようにゆるゆると顔をあげる。

「これは……僕、のこと？」

答えは聞かなくてもわかる。絵理花のブログに書かれている内容はあまりにも非現実的なことだけれど、きっと本当のことだ。

絵理花への想いは叶わなかったけれど、区切りをつけて歩きだした自分。

でも、そんなきれいごとじゃなかった。書かれていたのは、絵里花の周りをハエのように飛び、ハチのように刺し、ヘビのように体を締めつけているストーカー。それが、僕なんだ……。

痛む頭を押さえながら記憶を辿る。絵里花に対し、親しげにファンを装ったり、サイトを作ったりした記憶はやはりない。それでもこのブログが紛れもない証拠。こんなことまで忘れているなんて……。

* * *

そこではっと気づく。

「咲良は思い出させるために、僕に、同じようなことをしたの？」

咲良は涙で潤んだ目で僕を見つめている。

答えないことが証拠。咲良との出会いも、ファンサイトも。なにもかもが、このブログに書かれたことを踏襲している。

もう一度タブレットをつけ、一から読み直す。文字が小刻みに揺れているのは、僕が震えているから。

「私の……」

咲良の声にハッと顔をあげた。

「私の父親がいないというのは嘘だった。あのとき、すごく心配してくれたよね？　きっと絵理花も同じ気持ちだったと思う」

「……ッ」

うめき声は自分から放たれていた。ここに書いてあることが本当なら、いや……本当のことだ。僕は僕が仕掛けた罠にかかり傷ついた絵理花を慰めていたことになる。

「最低だ……」

視界がゆがみ、もう文字が追えない。

「絵理花は……このあとどうなったの？」

震える声で尋ねると、咲良は「ああ」と瞳を閉じる。頬に一筋の涙がこぼれた。

「これを見ても記憶が戻らないんだね。だけど、思い出さなくちゃいけないことだと思う。そうじゃなくちゃ、絵理花がかわいそうだよ」

モヤッとした感覚があった。同時にこれまでにないほどの頭痛に襲われ悲鳴が漏れる。だけど……思い出さなくちゃ。

「待って。僕は……僕は」

頭を押さえ、ギュッと目を閉じて過去へと焦点を合わせる。頭痛で死んだって構わない。もしも本当に自分でやったことなら、ちゃんと思い出さないと……。

遠くになにか見える。

喫茶店でカメラを見ている絵理花を物陰からじっと見ていた光景。ネットの動画以外で見ることのできる絵理花はいつも遠くて、だけど勇気を出して話しかけたあの日。

浮かんだ映像はすぐに遠ざかり、今度は白いマンションの外観が映った。咲良を助けに行ったあのマンションだ。架空のストーカーの住処だった場所。

そういえば、ストーカーの居場所を特定し訪れたときに既視感を覚えた。

記憶のなかのそれは、今より壁がきれいで冬の花が花壇に咲いていた。

「絵理花」とつぶやく。

そう、あのマンションは絵理花が住んでいたところだ。自分でサイトに晒しておきながら、僕は心配するフリをして彼女に会いにいった。

雨のなか絵理花の部屋のあたりを眺めていた孤独が蘇る。

最後の記憶はどこにあるのか。自分で思い出さなくちゃ、思い出さなくちゃ……。

またマンションの外観が浮かんだ。

そうだ、あの日、僕は彼女に謝りにいったんだ。

日に日に彼女にしたことへの罪悪感が募り、最後に会って話をしたかった。ひどく寒い午後だった。部屋の前で絵理花を待ったけれど、彼女は現れなかった。そろそろ彼女の母親が帰る時間だろう。

持っていたメモに彼女への謝罪を書いた。そして、二度と現れないと誓い、家へ帰った。

それから……。ああ、翌日のニュースで――彼女が亡くなったことを知った。

警察の調べでは、六階の住人が自分の部屋のドアを開けた音に驚き、悲鳴をあげ、手すりを飛び越え落ちてしまったと。自殺ではなく事故ということだった。

僕は、ひどいショックを受け、しばらく家に引きこもった。

――そして、気づくと浦島太郎のように何年も経っていたんだ。

彼女への懺悔の気持ちで何度も死のうと思った。なのにそれは、思っている時点で生きている選択をしているようなもの。本当に死ぬと決めた人は、そんなことを考える余裕もなく死を選んでいるだろうから。

僕は事故に遭ったことで記憶を失ったんじゃない。きっと、自ら記憶を手放した。

「僕が……僕が絵理花を殺したんだ」

涙があふれて声にならない。やっと思い出した記憶に、頭痛は嘘みたいに去っていた。代わりに現れたあまりにも悲しい現実に心が崩れ落ちていく。

ああ、絵理花。あの日僕が会いにいってしまったから、君を死なせてしまった。どんなに許しを請うても一生許されることなんてないほどの重罪。

はらはらとこぼれ落ちる涙を咲良は黙って見ていた。

「私は……」

咲良がつぶやいた。

「あの日、絵理花と遊ぶ予定だった。マンションに着いたときは人だかりができていて、救急車が到着したところだった。まさか救急車が呼ばれた理由が絵理花だとは思わず、部屋に行ったら、あなたがドアに挟んだ手紙を見つけた。すぐに警察の人が駆けつけてきて、絵理花の死を知らされた。あなたにはわからないでしょう？　私がどんな気持ちだったのか」

　大きな瞳から涙をこぼし、だけど静かな声で咲良は続ける。

「何年経ってもあなたを許すことができなかった。萩原さんも同じ。ほかにもたくさんの人が今も苦しんでいる。悲しみはずっと連鎖していくんだよ」

「僕は……僕は！」

「絵理花は誰にも見守られることなく、たったひとりで死んでしまった。どれだけ怖かったかわかる？　ううん、鈴木さんには絶対にわからない。それなのに、あなたは過去をすべて忘れて生きていた。そんなのずるいよ」

　はあはあ、と荒い呼吸を繰り返してから咲良は袖で涙をぬぐう。

「ずっとあなたを憎んできた。憎み続けることでなんとか生きているみたいだった。殺してやりたいとも思ったし、そうしようともしたけど……できなかった」

　顔をゆがませる咲良にかける言葉は、どこを探しても見つからず、僕は逃れるように目を閉じた。咲良の息遣いだけが支配する暗闇のなか、

「でもね」

　さっきよりも幾分和らいだ声が視界に光を戻す。

「そんなときに萩原さんと再会したの。私と同じで萩原さんもあなたを許せないまま

生きていた。この計画を考えた私に萩原さんは協力してくれた。それくらい萩原さんにとって絵理花は大切な妹だったの」

すうと息を吸った咲良はまっすぐに僕を見つめている。

「どうしても復讐してやりたかった。たとえ殺すことはできなくても、死にたくなるほどの苦しみを味わわせたかった。だから、私がひとりでこの計画を考えたの。萩原さんは協力してくれただけ。どうしても、あなたに復讐してやりたかった」

「ああ……」

嗚咽が漏れる。封じていた記憶の扉が開いている。次々に蘇る記憶に翻弄され打ちのめされ、息ができない。

あのときは自分がストーカーだという意識は皆無だった。ただ、絵里花を振り向かせたくて必死になっていた。

度が過ぎた想いは絵理花を追い詰め、僕が殺してしまったも同然だ。そして、今も周りの人を苦しめている……。

「悪かった。本当に……ごめんなさい」

こぼれる涙もそのままに謝った。僕は最低だ。この世から消えてしまいたい。

「私と萩原さんは、じきに逮捕されると思う」

咲良の声にハッと顔をあげると、なぜかやさしい目をしていた。

「どうして咲良たちが逮捕されるの？　悪いのは僕のほうなのに」

「狂言誘拐をしたから。証拠だって偽造した。だから今度はあなたが私たちを裁く番なの」

「それでも――」

「あなたはもうすぐ釈放されるはず。でも、私、後悔はしていない。やっとあなたに思い出させることができてよかったと思ってる」

立ちあがった咲良はもう泣いていなかった。

「萩原さんは警察を辞めるの？」

「ええ」

去っていく背中を追いたくてアクリル板に両手を置いた。

「咲良……。僕はひどいことをした。何度謝っても許されない。でも、咲良や萩原さんが捕まるのは耐えられない。だって、僕が……」

どうすればいい。必死で頭を動かす間も、涙がとめどなく流れ落ちる。

「僕は訴えない。だからどうか、狂言だったなんて言わないで。ただの痴話げんかにすればいいし、萩原さんだって警察を辞めることなんてない。きっとなんとかするか

ら っ！」

咲良の足が止まった。そのままじっとなにかに耐えるようにうつむいてから、咲良は振り返った。

「そのやさしさを、絵理花に少しでもあげてほしかった」

「咲良……」

「それにね、私も大きな罪を犯したの。それを帳消しにはできない。だから、このままでいいの」

「ダメだよ！」

泣き叫ぶ僕に咲良はほほ笑んだ。

「さようなら、春哉くん」

僕の名前を呼ぶ声は、悲しく震えていた。


咲良の部屋の前に立つと、春の風が冷たく髪を揺らした。

僕の訪問を知ると彼女はオートロックを解除してくれた。けれど、部屋のドアまでは開ける気がないらしく、何度インターホンを押しても出てきてはくれなかった。

ドアにそっと手を当てる。

　あれから一カ月が過ぎ、警察の調査もようやく終わった。咲良が訴えを取りさげたことで事件は大きく動いた。結局、僕は痴話げんかを主張し、咲良も同じことを言ったらしい。

　しかし、咲良がガムテープで縛られていたことなどから事件性は否定できず、あれから勾留期間の延長が決まり、最後は検察庁による取り調べのあと釈放された。

　無断欠勤となっていた職場も退職した。橘は行方不明になっていた僕を捜し回ってくれていたと上司から聞いた。

　けれど、引っ越しをし、スマホの番号を変えたので橘と連絡を取っていないし、これからも会うことはないだろう。

「咲良」

　何度、彼女の名前を呼んだだろう。はじめて会った日から、いろんな思いで呼んだこの名前。今日できっと呼びかけるのは最後。

「家まで押しかけてごめん。どうしても最後に伝えたいことがあったんだ」

　返事はないけれど、ドア越しに気配を感じた。きっと聞いてくれている。

「僕は、君の大切な絵理花を死なせてしまった。そのことを知った僕は、事故に遭うまでの日々、ずっと後悔して生きてきた。反省しながら、その後の人生を静かに生きることがなによりの贖罪になる気がしていた。だけど、周りにいた人たちの気持ちにまで気づけなかった」

彼女の息遣いが聞こえてくるようだ。きっと、泣いている。

「事故に遭ってから、記憶をなくした僕は、生まれ変わったような気分だった。君に恋までする僕を、咲良はきっと軽蔑していただろうね。でも、本当に咲良を守りたかったんだ。その気持ちだけは本物だった」

咲良だけじゃなく萩原も罪には問われないことになったらしい。混沌とした日々のなか、その報告が一番ホッとした出来事だった。おそらく咲良も安心しただろう。

もう、僕が咲良をこれ以上苦しめることはない。

「許してほしいとは言えないし、むしろ許さないでほしい。だけど、僕は感謝している。忘れた過去を思い出させてくれて、本当にありがとう」

ドアの前で、一度頭を深くさげ、歩きだす。最後まで咲良の声は聴けなかったけれど、これでいいとも思う。

建物を出ると、広がる空から雪が舞っていた。はらはらと音もなく世界を白色に染めていく。

世界の美しさから目を伏せ、僕は生きていこう。

エピローグ　冬野咲良

——絵理花。あなたは私のたったひとりの親友。……ううん、愛した人だった。絵理花は私の恋心に気づいていなかったけれど、本気で好きだったよ。

絵理花が笑えば世界が笑い、絵里花が悲しそうな日は世界も景色も悲しかった。

「全部、終わったよ」

お墓の前で手を合わせる。『伊増絵理花』と彫られた墓石を見て泣いた日はもう遠い。でも、今日くらいは泣いてもいいでしょう?

「私とお兄さんがしたこと、怒ってる?」

そっと名前に触れながら尋ねた。

「お兄さんなんて、伊増をローマ字にして逆読みさせて宇佐美って名前にしてたんだよ。なんだか笑えるよね」

春の風がびゅうと吹く。絵理花はまだ怒っているのかな。

「ねえ、絵理花。復讐ってさ、なんだかむなしいね。あの人に謝罪させるのが目的だったのに、全然すっきりしないんだ」

買ってきたネモフィラの花を添える。彼女が好きな春の花は、まだつぼみのまま。海の青によく似た色が鮮やかで私も好きだった。花言葉は、『あなたを許す』。

水を注いでからもう一度手を合わせた。

目じりの涙をぬぐい、少し迷ってから私は続ける。

「絵理花は春哉くんのこと許さなくていいからね。でも私は……」

昔、親戚のおじさんが口癖のように言っていた言葉が頭に浮かんだ。

『人は、後悔を背負って生きていくんだよ』

絵理花、あなたに恋をしたことは間違いじゃなかった。行き場を失くしたあの想いが、この先どこへ辿り着くのかはわからない。それでも、私は生きていこうと思う。

そんな私を、絵理花はきっと許してくれるはず。悲しみだけじゃなく許しも連鎖すればいいな、と願う。

青い空から雪が降っている。『三月の忘れ雪』や『雪の果て』と呼ばれているそうだ。

土を踏み鳴らす音が聞こえて振り返ると、高台にあるこの墓地へ誰かが向かってくる。すぐにわかる。

「春哉くん……」

彼は驚いた顔を浮かべてからさっと踵を返そうとした。

「待って」

「あ……。ごめん。誰もいないと思って……」

彼の手にはスイートピーの花束があった。スーツ姿で、前に会ったときよりもずいぶんやせていた。

「絵理花、ごめんね」

もう一度謝ってから私は坂をおりる。私の目を見ない春哉くんとすれ違った所で足を止め、振り返った。

「こんな遠くの墓地、よくわかったね？」

「あ……萩原さんが教えてくれて」

「そうなんだ。彼、感謝してたよ。あなたが、警視庁の人だって明かさないでくれたこと」

そう言ってから吹き抜ける風に目を細める。

「先週、詩集が発売されたの。詩もいいけど、写真についても好意的なレビューが多くって……。もしも、また会えたら伝えようと思ってた。――本当に、ありがとう」

春哉くんはなにも答えずに佇んでいる。

「この間、部屋に来てくれたよね。ドアを開けられなくてごめんね」

私に背を向けたまま春哉くんは弱々しく首を横に振った。

「ううん……そんなことは――」

「私も春哉くんに話したいことがある。なにも言わずに聞いてくれる？」

やせた背中に一歩踏み出すと、坂の上に絵理花の墓が見えた。これから言うことを、絵理花にも聞いていてほしい。

「絵理花は私にとって本当に大切な人だった。いつも一緒にいて、それが当たり前だった。でもある日、私の前から永遠にいなくなってしまった」

あれからの日々は、まるで底なし沼に落とされたよう。

泣いても叫んでも誰も来ず、息苦しくてもがくほど沈んでいく。

「春哉くんに復讐するつもりで近づいた。絵理花との思い出を再体験させることで記憶を戻し、強く後悔させたかった。現実は、シナリオ通りに動いた。なのに、途中からよくわからなくなったの」

戸惑ったようにこっちを向いた春哉くんと目が合う。はじめて会った日よりもずいぶん気弱な目。そう、私も彼を傷つけたんだ……。

「覚えてないと思うけど、『私じゃ代わりになれないかな？』って聞いた日があるの」

「ああ、それは――」

「なにも言わずに聞くこと」

人差し指を立てると、恥じるように春哉くんは口をつぐんだ。

「春哉くんへの憎しみと同じくらい、自分のなかで変な感情が生まれていた。やさしい言葉や本気で心配してくれている姿に、私の心が不安定に揺れ動いてしまった感じがしていたの」

「…………」

この感情を人は恋というのだろう。でも、まだそれを言葉にしたくはない。

「私は、春哉くんを許そうと思ってる」

「え……ダメだよ」

小さく首を横に振った春哉くん。そう、私はいつの間にか彼を好きになっていたんだ。記憶を失った春哉くんは、絵里花にしたこと、すごく後悔してた。私のことをストーカーから必死で守ろうとしてくれた。

あの日々は、復讐したいという気持ちと彼を理解したいと思う自分との戦いだった気がする。

もう、ここは戦場じゃない。

「憎しみや悲しみは連鎖するけれど、それなら許すことも連鎖するはずだから」

私はそうつぶやく。

「でも、僕は……」

「勝手なことを言ってると思う。でも……これ以上、絵理花のことで悲しむ人を増やしたくない。だから――」

「僕はっ！」

振り絞るように叫んだあと、春哉くんは顔をゆがめた。その目から大粒の涙がぼろぼろとこぼれ落ちる。

「僕は許されないことをした。あんなこと……許されるはずがない。どうか……どうか一生許さないでほしい」

彼はたくさん傷ついた。そして、今も、これからも傷ついて生きていく。

ツンと鼻が痛くなり、気づけば視界がぼやけていた。もう泣かないと決めたはずなのにあっけなく涙があふれる。

「泣かないで」

涙声でそう言った春哉くんに、私は泣きながら少しだけ笑みを浮かべる。

「春哉くんだって泣いているよ」

きっと私たちは罪を犯した者同士。後悔を言葉にする春哉くんと、しない私。だとしたら、許されなくても本当のことを伝えたい。

「お墓参りに来たんでしょう？　帰りはどうするの？」

話題を変えると、春哉くんは口ごもったあと、

「……バスで」

と答えた。

「じゃあ下の駐車場で待ってる。送っていくから」

傷ついた顔の春哉くんが顔を伏せた。

「いいよ」

「良くないの。アパートも変わったって萩原さんから聞いてるし、知っておきたいから。……ううん、違う」

背筋を伸ばし私はまっすぐに春哉くんを見た。

「本当は春哉くんに話したいことがあるの。どうしても話さなくちゃいけないこと」

すべて伝えると決めたとたん、少しだけ心の重りが軽くなった気がした。

「車で、待ってるね」

風がやさしく頰をなでていく。きっと絵理花も、私の選択を応援してくれている、そう思ってしまう自分を許したい。

返事を待たずに坂をおりた。駐車場で振り返ると、遠くに春哉くんが見えた。泣いているのだろう、嗚咽の声が風に乗って聞こえた。

雪はさっきよりも弱く、はかなく降っている。手のひらにそっと載せると、すぐに溶けて消えた。

あふれる涙をぬぐい、運転席に座る。ガラス越しの雪が、いろいろな気持ちを穏やかにしてくれている気がした。

しばらく待っていると春哉くんが赤い鼻で駐車場に来た。オレンジ色の私の車を見て、なぜか驚いた顔をしている。

助手席に乗せ、家の場所を聞くと、同じ浜松駅付近とはいえ、前の家からずいぶん離れた場所を告げた。

エンジンをかけて走り出す。

車に乗るたびにフラッシュバックしたあの夜のことを、告白しようと思う。そして、許してもらえるまで、私は彼に会い続けるだろう。

ハンドルを握ると、今でも春哉くんを撥ねた感覚が、指に腕に体に残っている。雨のなか驚いた顔で振り返った顔、雨のなかで倒れている姿。

憎しみの絶頂期に、私は春哉くんの職場に顧客を装い、メールをして彼を呼び出した。絵理花の死をなかったことにして生きている春哉くんが許せなかった。

直前になって我に返り、急ブレーキをかけたけれど間に合わず、彼に接触してしまった。すぐにおりて確認し、命に別状はなさそうで安堵したものの、それによって彼が記憶を失うなんて思ってもいなかった。

彼が絵理花との記憶を失くしたのは私のせい。それなのに、春哉くんへの憎しみは何年経とうとも癒えることはなかった。

春哉くんは、『一生許さないでほしい』と私に言った。それは、私にも言えること。でも、季節が景色を変えゆくように、たとえ許されなくても痛みは薄らいでいくかもしれない。

そのためにも、私は彼に伝えなくてはならない。車に乗るたびにフラッシュバックする私の犯した罪のことを。そして、どんなに絵理花を愛していたか。最後に、あなたを好きになってしまったことも。

きっと絵理花はそんな私を許してくれる。

――そうだよね、絵理花?

「春哉くんに話があるの」

決意を言葉にすると、春哉くんはダッシュボードの上を見て、固まっていた。

「これ……」

彼が恐るおそる手に取ったのは、猫のキーホルダー。

「ああ、それ絵理花との思い出の品なんだ。『うたたネコ』っていう名前なんだよ」

そう言うと同時に、春哉くんが泣き出した理由を私は知らない。

「そうか、そうなんだね。ごめんね、ありがとう」

何度も繰り返される言葉の意味もわからない。

大事そうにキーホルダーを抱きしめて泣く春哉くんが「うたたネコ、かわいいね」と言ってくれたので私はうれしくなる。

アクセルを踏めば、やみかけている雪が桜のようにひらひらと降っていた。

本書は書き下ろしです。

その冬（ふゆ）、君（きみ）を許（ゆる）すために

いぬじゅん

2021年1月5日初版発行

発行者……………千葉 均
発行所……………株式会社ポプラ社
〒102-8519 東京都千代田区麹町4-2-6
電話……………03-5877-8109（営業）
03-5877-8112（編集）
フォーマットデザイン 荻窪裕司（design clopper）
組版・校閲 株式会社鷗来堂
印刷・製本 中央精版印刷株式会社

乱丁・落丁本はお取り替えいたします。
小社宛にご連絡ください。
電話番号 0120-666-553
受付時間は、月～金曜日、9時～17時です（祝日・休日は除く）。

ポプラ文庫ピュアフル

ホームページ www.poplar.co.jp

N.D.C.913/287p/15cm
ISBN978-4-591-16890-5
P8111306